クロウレン家の次男坊《じなんぼう》 2

SECOND SON OF THE CLOUREN FAMILY

著 島田征一

イラスト ゆのひと

PRESENTED BY SEIICHI SHIMADA

ILLUSTRATION BY YUNOHITO

TOブックス

CONTENTS

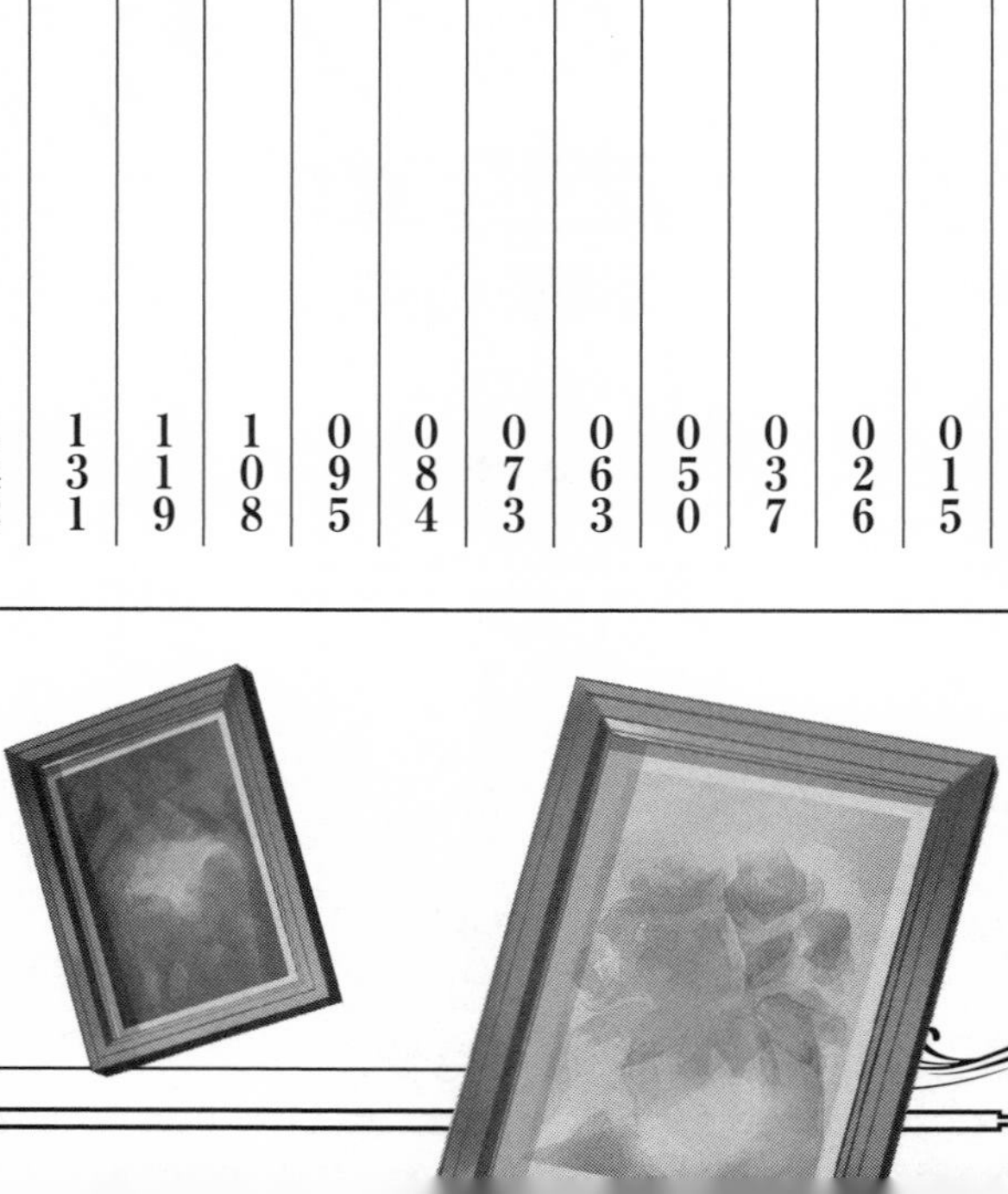

illustration / ゆのひと
book design / 5GAS DESIGN STUDIO

SECOND SON
OF THE
CLOUREN FAMILY

PRESENTED BY SEIICHI SHIMADA
ILLUSTRATION BY YUNOHITO

フェリス・クロゥレン
本作の主人公でクロゥレン子爵家の次男坊。魔核職人として平穏に過ごしたいのに、貴族絡みの面倒事に巻き込まれている。過小評価されてきたが、姉兄との戦闘をきっかけに徐々に才能が知れ渡っている。
ミスラ・クロゥレン
フェリスらの母で、解剖学の先駆者。『天医』の称号をもつ。医者として国内では名が知られている。

CHARACTER
ジィト・クロゥレン
フェリスの兄で、クロゥレン子爵家守備隊長。『剣聖』『破断』の称号をもつ。
武術師としては世界十位。
ミルカ・クロゥレン
フェリスの姉で、クロゥレン子爵家当主。『炎魔』『王国の至宝』の称号をもつ。
魔術師としては世界八位。
バスク・クロゥレン
フェリスらの父で、クロゥレン子爵家前当主。商人として得た金で未開地帯の土地を買い、そこを開拓することで貴族位を得た。

プロローグ　かつての遺恨

嫌な場面に出くわした。

宿舎の角を曲がったら、服のあちこちを切り裂かれた少女が泣いていた。あからさまに局部を狙ったような切り口で、晒し者にしてやろうという意図が透けて見えた。彼女は体を手で隠しながら、跪いて目の前の人間に許しを乞うている。

少女を見下ろしている相手には覚えがあった。アヴェイラ・レイドルク——侯爵家の長女だ。身分を盾に、好き勝手していると聞く。

何があったかは解らない。ただ、こうまでしなければならない理由などそうそう無いだろうし、胸糞の悪い光景だとは思った。

「おい、何してんだ」

柄でもないとは承知の上で、二人に声をかける。アヴェイラの目線が愉快そうにこちらを向いた。自分が咎められるとは考えてもいない、増長した感じが滲み出ている。

真っ当な子供の反応ではない。

「……あら、どちら様？　今、躾《しつけ》の真っ最中なのだけれど」

躾、ね。

八歳の子供が同い年を相手に、躾と称して服を切り裂くとは、完全に倫理観が終わっている。上位貴族というだけで面倒なのに、性格まで厄介な相手と絡むことになってしまった。俺は泣いている少女に上着を投げ渡し、アヴェイラの前に立つ。

「何があったか知らないけど、人目につく場所でやることじゃないな。口で注意すりゃいいだろう」

「何も知らないなら、出しゃばらないでくれる？　名乗りもしない貴方に指図される筋合いは無いわ」

「フェリス・クロゥレン。で？　名乗ったら考えは変わるのか？」

言葉に溜息が混じる。これで従う人間なら、最初からこんな真似はしていない。こちらを馬鹿にしたいだけの、底が浅い軽口だ。

アヴェイラは標的を俺に移したらしく、歪《いびつ》な笑いを浮かべたまま一歩踏み出した。

僅かに圧を感じて、相手の体格を確認する。背は低く、手足が細い。普通に考えれば、脅威に当たらない可憐な人間だろう。

とはいえ、何事にも例外はある。アヴェイラは同世代の中でも強度が高いことで知られる人間だ。見た目と強さが一致しないことは、姉兄で充分身に染みている。俺は半身になり、相手の攻撃から急所を隠すよう構えた。

アヴェイラは力を抜いた手を体の前で揺らし、わざとらしく一礼する。

「ご丁寧にどうも。私はアヴェイラ・レイドルク、侯爵家の長女よ。貴方の家の爵位は？」

「子爵家だな。まあ式の間は、身分に上下は無いことになってるがね」

八歳式は貴族として相応《ふさわ》しい教養を身に付けるための場であり、式の間は全員を同格として扱う、というお達しが最初にあった。恐らく、ここで言う貴族とは平民との対比であって、爵位の差はそこを理解してからという意図なのだろう。所詮は建前だとしても、反論の切っ掛けとしては丁度良い。

俺が退かないことが意外だったのか、アヴェイラは眉を跳ね上げて言葉を返す。

「そんな話もあったわね。でも、自分の発言の意味が解ってる？　上下が無いのは式の間だけよ？」

「そりゃそうだ」

言われずとも解っている。式が終われば身分差は元の形に戻り、相手が上位者になる。そんなことくらい承知の上だ。

やりたければやれば良い。

この争いが原因で籍を削られようと、俺は元々家を出る予定だ。結果にそう大きな差は無い。そして万が一、クロゥレンを貶めようとしたところで、両親はただ商人に戻るだけだろう。必要があれば、武力で相手に抵抗することだって出来る。

脅しのつもりなのだろうが、特に影響は無い。

「式が終わったら、ってか？　気に入らないなら好きにしろよ。お前の御父上がどう判断するかは知らんがな」

「ふうん？　私がクロゥレン家に何もしないと思ってるの？」

やけに声が弾んでいる。甚振《いたぶ》ることを楽しんでいるのか、それとも歯向かう者が新鮮なのか。追従する者は多いだろうから、俺みたいな人間は珍しいのかもしれない。

結局、こいつはやはり子供ということなのだろう。面白い物に向かい、不快な物を排除しようという簡単な原理で動いている。遣り取りを続けるだけ不毛だ。

「いや、何かするだろうとは思ってるよ」

侯爵本人であれば、周囲への影響を考えて手出しを控えるかもしれない。しかし、この女が気に入らないことを放置する筈が無い。出会ったばかりだが、アヴェイラの稚気《ちき》はよく解る。

口論を続けていても、相手が反省することは無いだろう。事を終わらせるべく、俺は相手を誘導する。

「正直どうでも良いんだ、やりたいようにやってくれ。どうせ実行するのはお前じゃなくて、配下の人間だろ？　格下が相手じゃないと、お前は告げ口くらいしか出来ないんだから」

人目を引けるよう、意図的に騒ぎを起こす。相手の顔が朱に染まり、手がぶれた。

——釣れた。

瞬間、アヴェイラの手の甲が俺の鼻を打つ。顎を引き、歯を食い縛って脳震盪は避けたものの、出来たことはそれだけだった。天才と言われるだけあって攻撃が鋭く速い。

ただ、『観察』があるため軌道は見えている。見えているから我慢も出来る。二撃目が胸を殴りつけても、絶望的な差は感じなかった。

そして、三撃目は腹へ。反撃は間に合わない。ならば受けに徹する。

腹筋を固め、歯を食い縛り、『健康』を起動する。一瞬息が詰まったものの、痛みはあっさりと消えた。

「貴方は告げ口すら出来ないみたいね？」

自分の優位を確信したのか、アヴェイラは粘ついた眼差しを向ける。確かに俺に勝ち目はほぼ無いが、小柄なだけあって彼女の攻撃は重みに欠ける。急所を避ければ暫《しばら》くは耐えられるだろう。

『健康』が保っている内に、少女には逃げてもらいたい。そして、誰か大人を呼んで来て欲しい。

……少女に期待し過ぎるのも酷か。

「お前の言う通り、確かに告げ口も出来ないな。それは認めるよ」

「まだ元気ね？」

握り込まないよう、軽く緩められていた手がはっきりと開く。顎狙いの掌底――どうにか首を曲げたまでは良いものの、頬を強《したた》かに打たれてしまった。俺が口中に溜まった血を吐き捨てると、体液を避けるため、アヴェイラが大袈裟に退く。

「汚い男ね」

意図的ではないにせよ、間が出来たことは僥倖《ぎょうこう》だ。好機と見て、俺は質問に移る。

「顔を殴るからだろ。……ところで、今更なこと訊いて良いか？」

「何よ？」

「そもそも、何でこの子に躾をすることになったんだ？」

少女の服を切り刻んで、晒し者にするだけの正当性が無いことは察している。だからこれは、ただの時間稼ぎに過ぎない。

アヴェイラは一瞬構えを解くと、面倒臭そうに俺の背後へと視線を投げた。

「そういえば、話はしてなかったわね。うちの派閥に入りたいんです、何でもしますって自分から言ってきた癖に、その子ったら何も出来ない無能だったのよ。傘下に入るなら、立場を理解してもらわなきゃいけないいじゃない？」

少女は泣いているだけで、何も反論しない。ただ謝りながら、その場に残り続けている。聞けば、派閥への加入条件として、アヴェイラは少女と関係貴族との婚姻を要求したらしい。少女が何者かすら俺には解っていないが、まあこの年齢の子供で弁も腕も立たないとなれば、利用価値としてはそれくらいだろう。

しかし、少女は昔から好いていた相手と婚約したばかりだったため、アヴェイラの話を断った。そして当然、その回答はアヴェイラの神経を逆撫でした。

舌打ちを抑え切れなかった。親の意向を確認する、とでも濁せば良かったものを。

「なるほどな。この子にも問題があることは大いに解った。ただそれなら、派閥には入れません、で終わりだろう。わざわざ痛めつけるまでもない」

「それじゃあ私の気が済まないじゃない」

話は終わりとばかりに、再度の踏み込み。気が緩んだのか、眉間を狙った攻撃は大振りになっている。

これなら取れる。

膝を曲げ、額を叩きつける形で拳を迎え入れた。視界が揺れると同時、何かが砕けたような音が響き渡る。

「ぐっ」

「く、あッ！」

苦悶が重なる。膝に力を入れて相手を見れば、アヴェイラは力無く手をぶら下げ、俺を睨みつけていた。あの感触だと、手の甲が折れたのだろう。

「こ、この……ッ！」

アヴェイラに魔力が収束していく。少女を切り裂いていたことからして、相手は風術を使う筈だ。

だが、最早《もはや》対応は要らない。俺は敢《あ》えて構えを解き、全身から力を抜く。

「おいお前等、何をしている！」

お待ちかねの人間がようやく現れてくれた。

騒ぎに気付いた講師が、横合いからアヴェイラへと風弾を放つ。不意打ちへの反応が遅れ、彼女は防御すら出来ずに意識を飛ばすことになった。死者が出る前に止めるならこの手しか無い。

「ありがとうございます、助かりました」

背後から近づいていたもう一人の講師に、俺は振り向いて礼を述べる。男は顔を顰《しか》めると、舌打ちをしながら俺に手枷をつけた。

「上位貴族と争うような真似をするな、こういう時は人を呼べ。事情が解るまでは全員拘束させてもらうぞ」

「ご随意に」

まあ、この状況下では誰が悪いとも決められまい。俺は大人しく指示に従い、講師陣に連行される。

――取り調べの結果、俺は無用な騒ぎを起こしたため三日間の謹慎ということになった。そしてその期間中に、少女が事故死したという報せが届けられた。詳細を求めると、真夜中に一人外へと抜け出し、魔獣に喰われたという。

俺が謹慎しているのに、彼女がお咎め無しの筈が無い。外に出ている状況そのものが不自然だ。とはいえそれを訴えようにも、死んだ者は還らない。

……力不足だったか。

天井を仰ぎ嘆息する。結局のところ、俺のしたことは何一つとして実らず――アヴェイラに対しての禍根だけが残った。

再会

――思えば遠くに来たものだ。獣の一匹も出ない、あまりに穏やかな道程の所為だろうか。ビックス様と二人、獣車に揺られながらレイドルク領へと向かう道すがら、ふとそんなことを考えた。

クロゥレン領で燻《くすぶ》っていた頃から、今に至るまで続く日々が脳裏を掠める。

領地を出るため、己を認めてもらうべく、配下やミル姉と決闘をした。かなりの深手を負ったものの、貴族として相応しいだけの力量を示すことに成功した。

これで自由だと領地を出れば、次は先の決闘に刺激されたジィト兄ともやり合うことになり、俺は再び重傷を負った。現場に居合わせたビックス様が治療を申し出てくれたお陰で、どうにか生き延びることが出来た。

誰かと争うため独立を目指した訳でもないのに、この段階でかなり望みからはかけ離れている。

ともあれ、身内との柵はここで決着を迎えた。伯爵家に甘える形になりつつも、ようやく職人としての生活が始まる。

伯爵家に生活の面倒を見てもらいつつ、職人として創作に勤しむ日々。顧客に評価される喜びを得て、更に腕を磨こうと意気込んでいると――今度は謎の魔獣により、伯爵領の住民が害されるという事件が起きる。

ミル姉やビックス様に同行し魔獣を仕留めると、続いてはその隙を突くように強盗事件が発生。恩師を負傷させ、金銭を奪った犯人を追い込み、これを処断した。

そして今に至る。

……改めて並べてみると、我ながら酷い流れだ。

前世と比べ、現世の治安が悪いことは解っていた。魔獣や貧困、他者の悪意、足を掬う要素は数限りない。安全な旅には強度が必要、というのは何ら大袈裟な話ではなかった。

果たして、侯爵領では何が待っているだろう。レイドルクには会いたい人間もいれば、絶対に会いたくない人間もいる。ミル姉からの依頼を果たし、友人との語らいを楽しめれば良いが、すんなりと終わってくれるだろうか。

期待と不安を綯《な》い交《ま》ぜにして、獣車は長閑《のどか》に進んでいく。

◇

領地を出て他家を訪れるなど、何年振りのことだろうか。

守備隊長という役職に就いて以来、ずっと領地に籠っていた気がする。多分、私が外交を任せられるような人間ではなく、また害獣退治でそれどころではなかったということも、理由としてはあったのだろう。今回侯爵領への出向が認められたのは、侯爵家からの求めがあっただけではなく、いい加減私に経験を積ませようという父の意思に違いない。

そんなことを述べると、フェリス殿は何気無い調子でふっと笑った。

「バルガス伯爵であれば、跡継ぎへの教育をどうすべきか計画はしていたでしょう。今後はどんどんこういう機会が増えると思いますよ」

「……今まではそんなことは無かったんですが、何故急に？」

「そりゃあ、ビックス様が人の上に立つ自覚を持ち始めたからでは？　後は年齢的なものもあるかもしれませんね」

後者はさておき、前者についてはそれほど意識が変わったつもりは無い。それでも、周囲からはそう見えるのだろうか。何がどう評価されるか解らないものだ。

いずれは家を継ぐであろうことは理解していたが、改めて触れられると、どう振る舞うべきかが悩ましい。

「そんな難しく考えなくても良いと思いますよ。バルガス伯爵も、すぐ形になるとは考えていないでしょう。なんだったら、侯爵家当主がどう動いているか、確かめてみるのも一興ですね」

確かに、父以外の貴族がどういう対応を取るかを学ばせてもらえれば、今後の役に立つだろう。

レイドルク侯爵には三人の子がおり、後継者には順当に長男が選ばれたそうだ。その長男は確か私と年齢が近かった筈なので、色々と参考にさせてもらおう。

「そうですね、勉強させていただきましょう。……フェリス殿は、あちらの次男と友人関係だという話でしたが？」

「ええ。八歳式ってあるじゃないですか、あの、中央に貴族の子弟が集まる催しが。あれで知り合ったんです」

「なるほど、そんなのもありましたねぇ」

かなり昔のことなので記憶が曖昧だが、確かに私もあの勉強会には参加した記憶がある。一般教養のみを延々と叩き込まれ、とにかくうんざりしたという印象が強い。

ただ、爵位に関係無く半年間同じ指導を受けるため、あれはあれで顔繋ぎとしての重要な意味を持っている。派閥同士の結びつきが強まることもあれば、派閥を超えて仲良くなる者達もいた。フェリス殿はそういう関係を作れたのだろう。

懐かしむように目を細め、フェリス殿は続ける。

「ジェストとはそれ以来の付き合いでして。……私達は恥ずかしながら、長剣と陽術が苦手だったのですよ。講義からどう逃げようかと相談しているうち、仲良くなりました」

「ああ……『祖の倣い』ですか」

そういえば、そんなものもあった。

陽術と長剣の達人であった興国の祖へ敬意を示すべく、いつしか貴族社会においてはそれらを扱えることが嗜みとされた。まあ嗜みという言葉で表現はすれど、実際は式典で使うので必須技能に当たる。

両方が苦手だったとすれば、八歳式はさぞや苦痛だっただろう。

「今でこそ一応扱えるという程度になりましたが、あの当時は本当に、見るに堪えない技量だったと自分でも思います」

「あれは毎年苦手とする人間がいるようですから。私達の時代でもやはり、何人かおりましたよ」

自衛出来るだけの強度がある者には、式典用の所作だけ教えれば良いのにと、当時は思っていた気がする。フェリス殿も似た考えを持っていたらしく、不満が次々と溢れ出した。

「言い訳に聞こえるかもしれませんが、素養も無い、体も出来てない子供に特定の魔術や武術を押し付ける心情が理解出来なかったんです。戦うだけなら剣にも陽術にも拘《こだわ》る理由は無いのに、嗜みだからって、苦手なことを無理やりやらされて。あれが理由で、当主を目指すのを止めようって言ってた奴もいたくらいでしたよ」

気持ちは解らないでもない。幸い私は長剣はそう苦手ではないものの、一番馴染んだ武器は斧だった。今ではそれこそ、式典の時しか帯剣はしない。

……しかし長剣はさておき、陽術とは。

「フェリス殿はメルジの治療をしている時に、陽術を普通に使っておりませんでしたか？」

シャロットとメルジに並行して陽術を使いながら、場を維持するという離れ業をこなしていた筈なのだが、あれで苦手と言うのか？

私の問いに、フェリス殿は困ったような苦笑いで応じる。

「まあ最低限は身に付けた、というところですかねえ。一時期は姉の技量に憧れて、必死で追いつこうとしたものです」

フェリス殿は恥じるように苦笑を漏らした。

そりゃあ国内最高峰の魔術師と比べたら、誰だって出来ない人間だろうとは口に出来なかった。

◇

あくまで呼ばれた立場だとはいえ、いつ到着するとも言っていないのだから、相手の予定が空いているかは解らない。なので真っ先に、侯爵家に対して面会のお伺いを立てることとした。門前払いということは無いにせよ、上位貴族が下位の者を待たせるなど当たり前に有り得るし、何日も会えないことも覚悟していた。

ただ今回は逆で、門番にお目通りを願った段階でそのまま中へと招かれた。大角を重く捉えるだけの理由は無いだろうから、たまたま都合の良い時間だったのだろう。客室へと通され、何となく落ち着かないまま椅子に腰かける。

……アヴェイラは出て来ないだろうな？

「フェリス殿、どうかされたのですか」

何か感じるものがあったのか、ビックス様がかろうじて聞き取れるくらいの声で囁く。

「ああ。……ジェストの双子の妹にアヴェイラという者がおりまして、非常に私と相性が悪いのです。顔を合わせないで済めばと思っていました」

こちらが特に何もしなくとも、劣った者が近くにいるだけで許せなかったのか、八歳式ではジェスト共々散々に絡まれたものだ。当時の俺には強度が無かったし、相手が幼いということもあったので、甘んじて受け入れることしか出来なかった。もしあの性格が今も変わっていなければ、俺は最悪アイツに手を上げるかもしれない。

どうしても、改心したあの女が想像出来なかった。ただ、場を乱してはならないということも、重々承知している。

「まあ、大人しくしておりますので、私のことはお気になさらず」

「……何事も無いことを祈ります」

そういう場ではない筈なのに、鉈《なた》と棒、そして仕込んだ魔核の位置を確かめてしまう。武装解除していないことはさておき、武器を持っていることそのものは、着いて真っ直ぐここに来たのだという言い訳で凌ぐつもりでいる。

さて、誰が来るか。

使用人の淹れた茶で唇を湿らせていると、廊下から気配がした。背筋を伸ばす間も無く、立派な木の扉が開かれる。

「失礼、お待たせしたね」

低く、落ち着いた声が響く……これはまた、バルガス伯爵とはまるで違った印象の人が来たな。

引き締まっているというより、痩せた体ではある。ただその所為《せい》か顔立ちや眼がやたらと鋭く見え、他者に対して威圧感を与えている。白髪交じりの頭も相俟《あいま》って、刃物のような印象を受けた。

淡々とした、静かな佇まい。これがレイドルク侯爵か。

そして後ろには、七年でだいぶ顔つきが変わっているものの、何処か懐かしい顔立ちの男が控えていた。

ジェストは俺を見つけると、唇を一瞬持ち上げて見せる。俺は目配せをして、どうにか笑いを堪えた。

俺とビックス様はほぼ同時に立ち上がり、二人に対して深く頭を下げる。

「お召しにより、ビックス・ミズガル、参上仕りました」

「クロゥレン子爵家次男、フェリス・クロゥレンと申します。中央への道中でこちらの領を通過するにあたり、ご挨拶をと思い、お邪魔させていただいております」

前回もそうだったが、格上に対する接し方がよく解らない。そもそも俺の言葉遣いは合っているのか？

確信を持てないまま、相手の許しが出たため顔を上げる。

「……硬いな。邸内においては、そう緊張した態度でなくともよろしい。さて、ビックス殿。到着したばかりでお疲れであろうが、そちらに現れた大角とやらについて話を聞かせて欲しい。フェリス殿はジェストと面識があるということだったな。時間が許すのであれば、隣に部屋を用意してあるので、暫し旧交を温めるがよろしかろう」

「ご配慮くださりありがとうございます」

これは素直に従った方が良いな。俺の説明が必要なら、どうせ後で呼ばれるだろう。ビックス様が同席を望んでいるのを背中に感じつつ、言われるがまま隣室へ移動する。部屋には軽食と茶が準備されており、使用人が壁際で背筋を伸ばしていた。

他の家人がいないと解り、一息つく。

「やあやあ久し振り。元気だった?」

「おう、久し振り。見ての通りだよ。あ、土産持ってきたけど要る? 食い物じゃないけど」

「要る要る」

一気に空気が緩くなる。取り敢えず要るとのことだったので、道中で作ったちょっとした刃物や食器の詰め合わせを手渡した。本来なら使用人に渡して安全確認をするのが一般的な流れだが、お互いの関係性もあってその辺は無視されている。使用人が軽く目を剥いて、姿勢を乱したのはご愛敬だろう。

適当な袋に入れられた土産を、ジェストは徐《おもむろ》に卓へと並べた。

「ふむ……造りは単純だし飾り気は無いけど、出来はしっかりしてるね。これは普段使い用かな。クロゥレン子爵領って、この手の工芸品が有名なの？」

「いいや？　俺が個人的に作った」

「あー、噂の魔核！　へえ、こんな感じになるんだ。面白いねえ」

こうも素直に人の仕事に関心してくれると、こちらとしてもちょっと嬉しい。

ただ、このまま立ち話を続けるのもなんだ。

「ちょっと腰を落ち着けて話そうか。侯爵様が折角色々と用意してくれてるみたいだし」

「そうだねえ。よし、じゃあまずは僕のお気に入りを楽しんでもらおうか。君、マーチェを濃い目でお願いね」

「畏まりました」

ジェストの指示に、使用人が恭しく一礼する。所作が綺麗だ。

何はともあれ、ひとまずコイツが変わりなくて安心した。

では、お互いの近況報告から始めようか。

面倒な女

最近はあまり良いことが無かったので、気の置けない友人が訪ねて来てくれたことは素直に嬉しかった。

お土産を一つ一つ確かめながら、どれを私物として取り置こうか悩む。フェリスが職人を目指していたことそのものは、定期的に遣り取りをしていたので知っていた。しかし、こうも腕を磨いているとは思わなかった。

奇を衒《てら》うことの無い、素朴な造り。色にも派手さは無く、むしろ何処にでもありそうな地味な佇まい。それが心を穏やかにしてくれる。

他者に対して見栄を求められる貴族は、何かにつけて豪華なものを使うことが多い。中央に近づけば近づくほど、その傾向は強くなる。大人しい物を買おうにも、売り手が高価で派手なものを勧めるため、好みに合った物は目の届く所にやって来ない。

こんなにも琴線に触れる物は久し振りだ。

「いやあフェリス、これは良いよ。気に入った。追加注文って出来ない？」

「ん、あんまり複雑な物でなければ受けるけど……何が欲しいんだ？　やっといてなんだけど、地味だろ？」

「それが良いんじゃないか。普段使いには、落ち着いた物が欲しいんだよ」

僕の考えに思い至ったのか、フェリスは仕方無さそうに苦笑する。

「ああ、そういう文化もあったな。そもそも客が来ない所で生きてると、派手な物を使わなきゃいけない、って状況がほぼ無いからなあ。来客用の食器類とか、うちだと年に五回くらいしか使われないぞ」

「ええ？　もっと誰かしら来ない？」

「年に一回の監査は確定で……後は隣の領に行く途中で、うちを通る人くらいか？　大体、うちに用事あるのって父親に関係のある商人だから、貴族ってあんま来ないんだよな。特産も別に無いし」

それもそう、かもしれない。

クロゥレン家の前当主は成り上がり者として貴族から煙たがられており、領地も国内のかなり端の方にあるため、あそこを訪れる者は少ないだろう。個人的には、特産も無しに貴族の地位を切り開いた剛腕の持ち主なので、是非お近づきになりたいのだが……一線を退いたのなら、講師としてお招き出来ないだろうか。

「その辺でちょっと聞きたいんだけどさ。御父上はどうやって領地を経営してたの？　あそこって元は魔獣が多い危険地帯だったし、開拓が進んだのもつい最近でしょ？　目立った輸出品も無いみたいだし」

世間話にしては踏み込んだ内容だとは、自分でも理解している。しかし、領地の経理を任されている人間として、クロゥレン子爵家の発展する勢いには興味がある。

フェリスは腕を組んで少し宙を眺め、やがて口を開いた。

「うーん……領地が出来た前後は、父上の商人としての能力だけでやってたんだよなあ。あの人がやってることって昔から変わってなくてさ。安く買って高く売る、ってのを繰り返してるだけなんだ。ただそうは言っても、それって簡単なことじゃないだろ？」

「そりゃあ、言うのと実行するのとじゃ、全然違うからね」

高く売れる物とは何か？　安く買うためにはどうすればいい？　求める人は誰？

商売の成立には幾つもの課題がある。

「俺も昔不思議に思ってな。んで、訊いたんだ」

「うん」

「そしたら、物流のあるべき姿が見えるから、それに従っていると言われた」

意味が解らないし、参考にならない。首を傾げて先を促す。

「俺なりに整理した結果、どうやら日々細々と集めている情報が、あの人の中で急にまとまる瞬間があるんだな。あの人はそれを物流と称している、らしい。後は見えている通りに事を進めていけば、稼げるんだと。俺はもっと具体的に、情報収集の方法と稼ぐための視点を教えて欲しかった」

しかしそれは、笑ってはぐらかされたのだと言う。

うーん、やはりずば抜けて有能だ。是が非でも教えを乞いたい。ここは招くのではなく、頭を下げに行くべきか。学ぶにしてもまとまった時間が欲しい。

「御父上は、僕が経営について教えて欲しいと言ったら、受けてくれるだろうか？」

「受けてはくれるんじゃないかな？　それが目的で来る人もたまにいたよ」

それは良いことを聞いた。

今抱えている仕事を誰にどう引き継ぐべきだろう。僕は頭の中で段取りを整え始める。

◇

考えていたよりも、ジェストは領地経営について真面目に取り組んでいるようだ。

実際に当主となるのは兄のウェイン様になるとしても、身に付けた知識や技術は役に立つ。それに、ウェイン様は司法官としての職務が主であるため、このままジェストが経営を担う可能性も高い。

しばらく見ない間に、貴族として成長しているのが目に見える。俺には選べなかった道で、彼が成功すれば良いなと思う。

……まあ、うちの父親に教えを乞うのは、如何なものかとは思うが。

「一応言っておくけど、父上のやり方を真似するなら充分に吟味した上でやれよ？　あの人は運気上昇系の異能持ちだし、他人には真似出来んこともかなりあるからな」

父上の異能は『強運』『人運』『金運』という、何をどうすればそうなるんだというもので占められている。これだけ揃っていると、適当に動いても失敗する方が珍しい。

稼ぐための理屈は一応あるにせよ、世界があの人に味方したとしか思えない例も、聞いている限りではあった。我が家で最も胡散臭い人間である。

「まあ自分に合ったやり方が何か一つでも得られれば、それに越したことは無いよねえ。金を稼ぐって難しいよ」

「そういう意識を持てるかどうかが、貴族の資質の一つだろうな。俺に領民の生活を背負うのは無理だし、身に余る金は要らんと思ってるからなあ」

「うちは僕以外稼ぐ人がいないってだけだから、特殊だよ。兄上もアヴェイラもやりたいことしかやらないもの」

「止めろ、その発言は俺にも刺さる」

「アハハ。でも自領のために動いてはいるじゃない」

それも伯爵領での仕事で打ち止めだ。これ以上俺の出る幕は無い。

微妙な心持ちになっていると、ジェストは不意に苦い表情を覗かせる。

「……実はね、アヴェイラは近衛《このえ》になることが決まったんだよ。元々大したこともしていなかったけど、今後うちの仕事に就くことは完全に無くなる。我の強いアイツが巧くやっていけるかは解らないけど、強度的には水準を超えてるんだってね」

「アイツが近衛ねぇ……」

加入条件は総合強度7000以上、単独強度2000以上だったか？　武術と魔術の両方を鍛え上げる必要があるため、加入の条件はそこそこ厳しい。とはいえ貴族領の守備隊長格であれば、時折該当者が出るくらいの線引きでもある。

「……自己確認」

フェリス・クロゥレン
武術強度：5359
魔術強度：8021

異能：「観察」「集中」「健康」
称号：「クロゥレン子爵家」「魔核職人」「業魔」

姉兄との戦闘や、シャロット先生の魔力運用を覚えたからか、強度が多少伸びている。

……というか、近衛って俺でもなれるな。器用貧乏な人間がなり易い職業かもしれない。

そう考えると、案外大したことねえなあ……。

「……まあ、有難がるような仕事か知らんけど、働いてくれるだけ良いんじゃないか？」

思わず漏れた発言に対し、ジェストが噴き出す。

「あははっ、とんでもないこと言うね。因みに、フェリスの今の数値は？」

「お前も教えてくれるなら、強度計を使っても構わんよ」

「別に良いよ。ねえ、強度計持ってきてくれる？」

「畏まりました」

指示に従い、使用人が部屋を退室する。

「それなりに鍛錬は続けてたの？」

「鍛錬っていうか……狩りだな、うん。肉を食いたきゃ外に出るしかないしな。後は、守備隊の訓練で只管《ひたすら》叩きのめされていた」

「ああ、そうか、そうだよね。……うわあ、数値伸びてるんだろうなあ。知らない間にフエリスは僕を置いて行くんだ」

「クロゥレン領だと、戦えない貴族は存在意義が無いんだよ……」

とはいえ個人的に、強度は人を計る物差しとして認めてはいるが、あくまで参考程度のものと考えている。あれは個人の肉体の価値を示すものの、武器の良し悪しや精神状態といった要素は反映されていないからだ。

強度が幾ら高くても弱気な人間では勝てないし、鈍《なま》らで打ち負けることだってある。前世には無かった指標なので面白いとは思っても、絶対視するほどのものではない。

「なあ。強度って、何を元にして割り出されてると思う?」

「何って……武術や魔術に秀でた人ほど、それらの強度が高く出るってだけじゃないの?」

質問が抽象的過ぎたか、ジェストは当たり前の認識を述べる。

これは俺の話し方が悪かったたな。

「いやすまん、そういう意味じゃなくてな。試したことあるか? 素手でも武器有りでも、強度って変わらないんだよ。剣士が棍棒を持とうが弓を持とうが、数値は同じなんだ。でも、剣を持って戦った方がその人は強い筈だろ? それと、体調の良し悪しでも数値は変わらない。何を表示してるのか解らなくてな」

昔からあれこれと考えてはみたものの、どれもしっくり来る結論には至らなかった。数値が平均なのか最大なのかも不明だ。

ジェストは主旨を理解したのか、顎に指先を当てる。

「ああ、そういうこと。……うーん、どうなんだろうね？　……神様が決めてることに疑問を抱くなんて、不遜かな？」

「そうでもないだろ」

疑問を持つことは大事だと、当の神に言われたことがあるからな。まあ厳密には神じゃなくて、権限を持っているだけの存在らしいが。

ジェストは俺の言葉に溜息をつくと、僅かに唇を持ち上げた。

「教会の関係者が聞いたら目を剥くね。因みに僕は、その人が最高の機能を発揮した場合の数値が、強度として表示されるものなんじゃないかと思ってる。だから、その人に合った得物を持った時の数値ってことだね」

お前も考えたことがあるんじゃないか。

言葉にはせず、笑って返す。

ともあれ、その意見は俺も考えたことがあった。ただそれが正しいとすると、剣を持った人間の強度を見ているのに、実は槍を持った時の数値が表示されている、なんてことが有り得てしまう。強度を知る相手と戦うことがほぼ無いということも含め、尚更妄信出来るような指標ではない。

まあ、強度の高い人間が弱かったことは無いとはいえ……何だか解らん数値で職を決めるのも、不思議な話だ。

正解は不明だが、一応頭の片隅に留めておこう。

「今のところ答え合わせの方法が無いから、思い付きを喋ってるだけになるのが難しいね」

「そうだなあ。まあそこらは教会の怨敵である、研究機関の皆様が調べるだろう」

「気にしたって仕方が無いのはそうだね。……貴族社会にいるとどうしても強度を意識するけど、ぶっちゃけ僕らの立場だと、過剰に強い必要って無いし」

領地の守備隊がしっかりしているのであれば、上は現場に出る必要が無いからな。最低限、移動中に襲われた時に対処出来る程度のものがあれば良い。

さて、ひとまず話も落ち着いた。

喋っていて喉が渇いたので、お勧めのマーチェとやらをいただくことにする。見た目は黄色っぽい茶で、少し甘い匂いがした。

「ん……、ん？　何だコレ、ちょっと辛い？」

前世であった生姜湯が、強いて言えば似ているだろうか。意表を突かれたが、決して嫌いな味ではない。

俺の反応にジェストは破顔する。

「そうなのです、辛いのです。要は薬湯の一種でね、体を温めて疲れを取ると言われてるんだ」

「へぇー、面白いな。後でちょっともらえる？」

「構わないよ。乾燥前の葉っぱでも、粉末にしたやつでも。フェリスなら何かと混ぜて別のものを作るかな？」

「と、考えてはいる」

だらだらと雑談を続けながら、強度計を待つ。別に待たされるのは良いが、妙に遅いな？

同じ疑問を抱いたのか、ジェストが扉の向こうを気にし始める。すると、廊下の方から騒がしい足音が響いてきた。

俺達は顔を見合わせ、眉を顰める。

「魔術で鍵かけて良いか？」

「後々がもっと面倒になるから……」

家人が来客の正体を尋ねること自体は普通のことだとしても、俺のことは伏せて欲しかった。厄介なことをしてくれたものだ。

鉈と棒を小さくして袖口に仕込むと同時、左手に魔核を三つ握り、手遊びを装う。

大きく息を吸い、内心を落ち着ける。

「性格的にはあんまり変わってないってことで合ってるか？」

「良くなった部分もあれば、悪くなった部分もある」

「見込みが薄いということだけは解った」

目を逸らしていた現実と向き合わなければならないようだ。

あーあ。揉め事は御免なんだがなあ。

近衛兵

隊長という身分はご立派なものではあるが、反面、日々の自由が無い。人材発掘という名目の外遊は、年に一度の旅行のようなもので、私の数少ない楽しみであった。

美しい風景、その地でしか食せない名産、諸々。

一か月の道程は私に新鮮な感動を与え、ささくれた心を癒してくれた。しかし、本来の目的である人材発掘となると、正直に言って不作であった。

今年の近衛兵隊への新規参入は、僅か三名。まあ、近衛は花形である故に稼ぎは良くとも、縛りの多い職業だ。条件となる強度を満たす人間はそれなりにいたものの、誰もが就業を希望するようなものでもない。

またお偉方に嫌味の一つも言われるのかと思うと口惜しいが、後は新人を伸ばしていくしかないのだろう。先のことを考えて溜息をついていると、当の新人の一人であるアヴェイラが私に頭を下げた。

「申し訳ございません、隊長。父も兄もなかなか時間が取れず……」

「いや、皆様には良くしていただいている。それに、領地の仕事を優先するのは当たり前のことだよ」

侯爵領滞在二日目。アヴェイラの参入についてお話をしたいと思ったものの、急な来訪になってしまったこともあり、私は侯爵家の方々とまだ面会が出来ずにいる。

寝所を提供してもらっているだけありがたいと感じているのだが、アヴェイラは現状を苛立たしく思っているようだ。彼女からすれば、上司が待ちぼうけを食っている状況な訳だから、焦るのも当然かもしれない。こちらからすれば、上位貴族と簡単に会えるとも思っていないので、想定済みの状況ではある。

気にはしていない。ただちょっと、手持無沙汰なだけだ。

「どれ、少し庭を貸してもらおうか。じっとしていては体が鈍《なま》ってしまう」

立てかけていた長剣を取り、鍛錬で時間を潰すこととする。腰を浮かすと、アヴェイラが慌てて私を先導した。

静かな廊下を進み、玄関の扉を押し開いて外へ。今日は曇っている分、少し風が冷たい。体を動かすのに丁度良い気温だ。

邪魔にならない場所を探していると、慌ただしく走る使用人が見えた。何を急いでいるのかとぼんやり目を向けると、アヴェイラが鋭い声を上げた。

「ちょっと貴方！　こっちに来なさい！」

声をかけられた使用人の肩が跳ねる。彼は自分の要件を優先するか一瞬迷い、やがてこちらへ駆け寄って来た。

「如何なさいましたか」

「来客があったようだけど、今うちに来ているのは誰？」

「ビックス・ミズガル伯爵令息とフェリス・クロゥレン子爵令息のお二人です。当主様がビックス様、ジェスト様がフェリス様のお相手をしております」

む、フェリス・クロゥレン？　家名が同じだ——ジィトの弟ではなかったか？

私が記憶を探っていると、アヴェイラの眦《まなじり》が吊り上がった。

「そんな約束は聞いていないけれど。隊長を差し置いて、そんな二人の相手をしているの？」

「お嬢様、そのような発言はお止め下さい。ビックス様は当主様がお呼びした方です」

「じゃあフェリス・クロゥレンはどうなのよ」

「あの方は、ビックス様の従者という立ち位置のようです。いずれにせよ、両者とも失礼があって良い方ではありません。申し訳ございませんが、業務がありますので失礼いたします」

強度計を持って去ろうとする使用人を、アヴェイラが腕を掴んで止めた。掴まれた場所が痛むのか、彼は顔を顰める。

「ジェストの所に持って行くの？」

「ッ、ええ、そうです」

「私が行くわ。……隊長、兄を紹介させていただきますので、ご足労願えますか？」

普通に考えれば、歓談している最中に部外者が踏み込むのは失礼を通り越した行為だ。アヴェイラとフェリス・クロゥレンの間柄でそれが許されるのか判断は出来ないし、ここで軽々しく頷くべきではない。

しかし――あのジィトの弟には、興味がある。

いざとなれば、私が彼女を止めれば良い。

そう自分に言い訳をして、使用人には、

「面倒をかけた。こちらで何とかするよ」

と囁いた。

◇

「失礼、お邪魔するわ」

「歓談中に申し訳無い、失礼する……」

許可も得ずに入ってくるとは恐れ入った。言うだけあって本当に失礼だし、馬鹿は予想もつかないことをするから馬鹿なのだ。そんなことを考え、こめかみを揉む。

扉を開けて入ってきたのは、予想通りアヴェイラだった。かつてより全体的に女性らしくなってはいるものの、勝気で、どこか人を見下した瞳は変わらない。

そしてもう一人、長身で油断の無い佇まいの女性が後ろに控えている。腰には黒鞘の剣が佩《は》かれており、柄には金で王家の紋が刻まれていた。俺の記憶違いでなければ、あれは近衛の正式装備だ。後ろめたそうな顔をしている分、アヴェイラよりは道理を知っているようだ。問題が起きそうなので、已む無くついてきたのかもしれない。

溜息を押し殺しながら、ジェストを見遣る。彼の顔からは表情がすっかり抜け落ちてしまっていた。現状を客観的に見れば、侯爵家は礼儀を知らない馬鹿を飼っています、と喧伝したような形だ。面子を完全に潰されて、感情がおかしくなっているように見える。

可哀想に……。

流石に俺だと知っていてやったのだろうが、アヴェイラはこの行為がどれだけ愚かしいか理解しているのだろうか。いや、解っていたら、こんな真似はしないな。

彼女は胸を張り、こちらを見下ろしている。

「久し振りね、フェリス。悪いけど、ちょっとジェストを借りるわよ」

本当に用事があるのなら、致し方無しではあるが――この感じだと急ぎではあるまい。

態度があまりに悠々としている。

不満はあるものの、俺が是非を決めることでもない。口を噤んでジェストの対応を待つ。

ジェストは己を落ち着けているのか、少し間を置き、絞り出すような声で返した。

「……入室を許可したつもりはないよ、アヴェイラ。ファラ様、まことに申し訳ございません。時間が出来次第、父がお相手をさせていただきますので、何卒ご寛恕《かんじょ》いただけませんか」

思わず顔を上げ、後ろの女性を確かめる。

あれがファラ・クレアスか！

正体を知り、冷や汗が背中を伝った。王国の近衛兵隊長にして武術師世界三位。そして何より、ジィト兄の剣術の師。退屈を持て余し、己を満たす相手を探していると聞く――可能ならば会わずに済ませたかった一人だ。

アヴェイラといいファラ師といい、今日は厄日なんじゃないか。

黙り込んでいるうちに、ジェストとアヴェイラの言い合いが始まる。

「あら、フェリスと隊長じゃあ、隊長を優先するのは当たり前でしょ?」

「対応の順番を決めるのはお前じゃない、父上だ。それに、お相手をさせていただくにも、格というものがある。僕が対応したのでは却ってファラ様に失礼だ」

「まあ、確かにジェストじゃ格落ち感は否めないけどね」

いかん、ファラ師に出会ってしまった驚きと、アヴェイラに対する呆れとで内心が忙しい。取り敢えず、アヴェイラの存在は本気で侯爵家の為にならないし、近衛になるのなら貴族籍を剥奪後に放逐した方が良いんじゃないだろうか。

馬鹿の相手は時間の無駄でしかない。

しかし残念ながら、木っ端貴族の俺が侯爵家内部の話に口を挟む訳にもいかない。魔核をいつでも変性出来るよう備えながら、成り行きを見守っていると、ファラ師がようやく声を上げた。

「アヴェイラ、口を慎みなさい。道理を無視しているのはこちらだ。……私としては、ジェスト様に不足があるとは思いません。お邪魔させていただいたのは、ただご挨拶をさせていただきたかったのと、フェリス様のお顔を拝見したかっただけなのですよ」

何故そこで俺に振る。

ファラ師が真っ直ぐにこちらを見ていることが解り、俺は逃げ場を失う。彼女から直接何かをされたことはないが、どうにも嫌な予感が拭えない。いつぞやミル姉が言っていた、ファラ師とジィト兄は似ているという言葉が、俺の中で警鐘を鳴らしている。

「隊長、何故こんな奴を？」

アヴェイラと意見が被るのは癪だが、同意せざるを得ない。俺に興味を持たないでくれ。

とはいえ、話を振られた以上黙ってもいられないか。

「……私、ですか。いえ、自己紹介もせず失礼いたしました。お会い出来て光栄です、フェリス・クロゥレンと申します。以前は兄のジィトがお世話になりました」

「大した世話はしておりませんよ」

「ご謙遜を。あと、普通に話していただいて結構ですよ」

近衛兵隊長は貴族ではないので、俺に敬語を使うのは当たり前だし、礼儀として正しいことは理解出来る。ただ、相手は王国最強を誇る大英雄だ。丁寧な対応をされる方が気後れするので止めて欲しい。ファラ師も窮屈さを感じていたのか、微笑んで返す。

「気を遣ってくれてありがとう。謙遜と君は言うが、事実大したことは教えていないんだ。指導するまでもなく、彼は勝手に育ったのだよ」

「隊長が『剣聖』ジィト・クロゥレンの師だったのですか？」

「師と言うのも烏滸《おこ》がましいね。安っぽい言い方だが、ジィトには天賦の才があった。こちらの挙動を見るだけで、彼はその動きを再現出来るんだ。他の者を追い抜き、どんどん成長していく様は、興味深いものがあったよ」

ファラ師は昔を懐かしむように目を細める。一方で、業界にあまり詳しくないジェストは首を傾げていた。

「へえ。クロゥレン家の姉兄が天才だというのは有名だけど、そこまでの傑物なんだ？」

「魔術師世界八位と、武術師世界十位だな。身内を自慢するのもなんだけど、腕は確かだよ」

「うわあ、尋常じゃないなあ……」

「そんな名門に、どうして貴方みたいな凡庸な男が生まれてきたのかしら」

侮辱のつもりかもしれないが、それは単なる事実だ。そんな発言には慣れているため、俺はただ頷いてマーチェを飲む。

しかし、俺の反応にファラ師は訝しげな声を上げた。

「凡庸？　フェリス君がか？」

「遺憾ながら、クロゥレン家の次男坊は出来が悪いことで有名なのですよ。私はあくまで職人なので、風評を改めようとは思いませんがね」

「ふむ。……しかしそれはそれとして、あのジィトの弟の強さは気になる。もし良ければ、強度計もあることだし数値を見せてくれないか？」

　絶妙に嫌な所を突いてきたな。

　出かかった舌打ちを口中で止める。

　俺は近衛になるつもりは無いし、ジェストはさておき彼女らに数値をひけらかす気は無い。しかも、アヴェイラからは何ら脅威を感じない辺り、俺の方が数値が高い可能性がある。その場合、ただでさえ鬱陶しい奴から、更に絡まれることになるだろう。

　どう断るか迷っていると、アヴェイラが俺に強度計を押し付けてきた。

「ほら、隊長がお望みなんだから、さっさとしなさい」

　上位者の指示であれば、大人しく頷いた方が良いのは事実。とはいえ、戦力を軽々しく晒さないのは貴族として普通の対応だ。アヴェイラに従う理由は無いし、ファラ師も強要は出来まい。かといって、貴族社会から半ば離れていると語る俺が、貴族であることを理由に申し出を拒否するのも、理由としては弱い。

さて、どうしようか？

妥協点を求めるのなら——話を持ち掛けてきたファラ師にのみ数値を晒し、相手から何らかの利を引き出す、か？　アヴェイラは増長するかもしれないが、ここでファラ師の覚えが良くなる方が、ジェストの顔も立つだろうか。

一瞬目を閉じ、思考をまとめる。目を開き、ジェストの青白くなってしまった表情を確認し、品性や人格といった言葉に思いを馳せる。

覚悟を決めて立ち上がった。

「何よ」

反応が急だったのか、アヴェイラは俺を睨みつける。それに取り合わず、強度計を受け取ると俺は壁際に移動する。

「ファラ師。お望みとあらば数値をお見せしますが、実家に迷惑がかかりますので、詳細はそちらの胸の内に留めていただきたい」

「何者にも漏らさないと誓おう」

「そんなに低いの？　別に良いじゃない、職人だって言うんなら、勿体ぶるようなことじゃないでしょ」

「辺境の貴族が、外部に弱みを晒すはずがないだろう。考えてモノを言え」

いい加減対応が面倒になり、発言を切って捨てた。悔し気に言葉を噤むアヴェイラを尻目に、ファラ師が俺の傍らに寄り添う。そして、聞こえるか聞こえないかくらいの声で、

「すまんな、迷惑をかける」

と呟いた。

「いずれ中央で徹底的に教育されることになる。しばし時間を与えて欲しい」

それは俺ではなく、侯爵家の面々に言うべきことだ。俺は所詮、どこまで行っても部外者でしかないし、今後もアイツと絡むなんて真っ平だ。

聞こえなかったことにして、俺は強度計を握り込んで起動する。当たり前のことながら、先程自己確認した通りの数値がファラ師に晒された。彼女は息を呑み、俺と文字盤に目を行き来させる。

人に誇れるほど突出したものは無いが、貴族として弱くはないつもりだ。単独強度が極端に高い相手でなければ、どうにか出来る自信はある。まあ、近衛になれる水準を満たしているのは、ファラ師としては想定外だったかな。

「君は……ジィトの三つ下ということは、成人したばかりか？」

「ええ。私とジェスト、アヴェイラは同じ年ですね」

「そうか……」

どんな感想を抱いたのか、俺にはよく解らない。いずれにせよ、ここまで身を切ったのだから、ただで済ませるつもりはない。

「ファラ師、後でお時間をいただけませんか。少しお話をさせていただきたい」

「二人きりで何をするつもり？」

「お前には関係無い。……怪しく思うのは解るが、王国最強に対して俺が何か出来るのか？」

相手はジィト兄の上位互換だ。そのつもりも無いが、迫ったところで首が飛ぶ。

ファラ師は少しだけ考え、すぐに頷く。

「良いだろう。いつでも部屋を訪れて来てほしい」

いや、妙齢の女性の私室に踏み込むまでは求めていなかったが……本人が気にしないなら良いのか？　ひとまず言質を取り、俺は強度計の表示を消した。

クロゥレンの歪み

日暮れ過ぎ。部屋で一人、使用人に淹れてもらった薬湯を啜りながら、今日という一日を振り返る。

……久々に、驚くべきものを見た。

強度計を目にした瞬間、自分の頭がおかしくなったのかと思った。

まさか成人して間もない人間の総合強度が、私に迫るものだとは予想だにしていなかった。

「自己確認」

ファラ・クレアス
武術強度：10312
魔術強度：4226
異能：『瞬身』『鉄心』『慧眼』
称号：『守護者』『魔剣』『王国近衛兵隊長』

改めて自分の数値と比較してみる。やり合えばまず私が勝つが、展開次第では不覚を取るだろう。というか、単独強度で2000も離れていると、その分野ではまず勝てない。

私を下し得る者が……いるところにはいるということか。

アヴェイラの総合強度が11000を超えていると知った時は、年齢にしては破格過ぎると感動したものだ。しかし、それを遥かに超える逸材が潜んでいたとは。

初めて彼を見た時の違和感は正しかった。非才を自称しながらも、フェリス君の姿勢に乱れはなかった。あれは奇襲に備える構えであり、弱い人間の行いではない。

何か思惑があって、クロゥレン家は彼の才能を隠しているのだろう。強いて想像するのなら、他領へ赴いた際、強度が低いと相手の警戒心が薄れるからだろうか。そうでもなければ、敢えてフェリス君が私に口止めをする理由も無い。あれは人に誇るべき数値だ。

確かな実力と自制心――実に素晴らしい。

現在、近衛は百名ちょっと。その中でフェリス君を単独強度で上回れる者が約一割。総合強度で上回れる人間は……私以外にいるだろうか？　凡庸などと嘯《うそぶ》いてはいるが、実際には彼は国内でも上位に入る猛者ということだ。しかも、中央から離れて生活していたためか、悪い意味での貴族らしさを感じさせない点も望ましい。

職業を定めていなければ、すぐにでも勧誘していた。心底惜しい。

一度でいいから手合わせを願いたいものだ。きっと、久し振りに身の入った鍛錬が出来る。

夢中になって考え込んでいると、不意に部屋の扉が叩かれた。

「失礼、フェリスです。今お時間よろしいですか？」

おっと、丁度良く本人が来た。

「開いているよ、どうぞ」

こんな時間に男女が密室で二人きりというのは、客観的に見れば誤解を受ける案件だろう。私も彼もそこをあまり気にしていない辺りが少しおかしい。

笑いを噛み殺しながら、フェリス君を招き入れる。彼は私の顔を見て、片眉を跳ね上げた。

「何か面白いことでもありましたか？」

「いや……アヴェイラが二人きりで何をする気なのかといきなり立っていたな、とね」

「ああ。正直、大丈夫かなとは思ったんですけど」

フェリス部屋の入り口から、距離を詰めようともしていない。中央貴族の脂ぎった、隙あらばこちらを食い物にしようという感じが無いだけで好感が持てる。

「侯爵家の内側で何を噂されようが知ったことではないし、アヴェイラに従う理由は君にも私にも無いだろう？　お互い大人なんだから、自分の行動は自分で責任を取ればいいのさ」

「そう出来る大人がどれだけいることやら」

同感だが、君がそれを言うのか？

「少なくとも、君はそう出来る人間だと私は見ているがね。貴族としての立場なんて、君にはどうでも良いことじゃないか？」

でなければ、職人としての道は選べない。私も立場には拘りを持っていないので、この逢瀬で解雇されたとしても何ら痛痒《つうよう》を感じない。むしろ、そろそろ退職を考えているくらいだ。

平民上がりの管理職というだけで、宮中では悪目立ちをしてしまう。代わりもいないし辞めさせられることはないが、程度の低い嫌がらせは日常茶飯事だ。心が休まる暇も無い。私の所為でもないのに失脚するような、大きな過ちが起こらないだろうか。そんなことばかり考えている。

気難しい顔になっていたのか、フェリス君は憐れむように私に何らかの魔術を飛ばして来た。特に嫌な印象は受けなかったので、そのまま体に浴びる。

「今のは？」

「陽術の『高揚』ですね。弱めにかけたので、落ち込んだ気分を少し誤魔化す程度のものです」

確かに、気分が楽になったと言えるような、言えないような。いずれにせよ、気を遣わせてしまったようだ。

ふっと肩を竦めて、フェリス君は言う。

「……因みに、貴族に拘っていないことは否定しません。そちらは気苦労が多そうですね」

「まあ、ね。立ったままというのもなんだ、ひとまず座って話そうか」

「そうですね」

ジィトと違って、周りをちゃんと見ている。これは良い男だ。

そんな彼が、これから何を話してくれるのか。私は唇を舌で濡らし、相手の言葉を待った。

◇

随分と鬱憤が溜まっているのだなあ。

一瞬歪んだ目つきは尋常なものではなかった。中央の、いかにもどろどろした政治闘争から縁遠い身としては、そんなに嫌なら辞めれば良いとしか思えない。あまりにも上の立場になってしまった所為で、投げ出せなくなっているのだろうか。

非常に気にはなるものの、本人には本人の考えがある。ひとまず、話を進めることとした。

「早速ですが、お話というのは他でもありません。アヴェイラのことについてです」

「彼女か……君との相性はよろしくないようだね」

「ええ。身分がそうさせるのでしょうが、昔から周囲にはああいう態度でして。言って聞く性格ではなかったので、彼女とはなるべく接触しないようにしていたのです。……正直なところ、このままでは武力を行使してくるのではと危惧しています」

よく解らない理屈を持ち出し、得意げな顔で決闘を持ち掛ける様が目に浮かぶ。応じたところで何も得るものは無いし、断れば臆病者と誹《そし》られるだけの、無意味な遣り取りだ。

ファラ師は一つ頷いて、髪をかき上げる。

「残念ながら、否定しかねるな。しかし……勝つ自信が無いのかな？」

「いいえ。不遜に聞こえるかもしれませんが、殺さずに済ます自信が無いのです」

「なるほど」

発言に対して驚きが無いということは、アヴェイラに対抗出来る強度ではあるようだ。

ファラ師は少し考え込み、やがて諦めたように口を開いた。

「アヴェイラの具体的な強度については控えるが、君の懸念はきっと正しい。やり合えば彼女は本気になるだろうし、君も手加減している場合ではなくなるだろう。そして、私の目から見て、君が勝つのはほぼ間違いない」

一息で言い切り、ファラ師は薬湯を飲み干す。白く細い喉が上下する。

「性格は矯正出来ても、死者を蘇らせることは出来ない——私としても、折角の新人を失いたい訳ではないよ。もし彼女が君に手出ししようと言うのなら、それは止めると約束しよう。話というのはそういうことだろう？」

首肯して、俺は溜息をつく。これで『面白そうだからアヴェイラにつく』と言われたらどうするべきか、ずっと考えていた。そうならなかったのは幸いだ。

まあ正直、この領での目的はアキム師の息子に会う以外は特に無い。手に負えないとなれば、逃げるのも手ではあるのだろう。

状況が落ち着いて、少しだけ気が抜ける。喉の渇きを覚え、魔核で湯呑を作った。中に氷水を注いで一気に飲み込む。

「器用なものだな。それに、難しいことを容易《たやす》くこなす」

「これくらいは慣れですよ。一か月くらいやり込めば出来るようになります」

今使えれば良いと適当に作っているので、湯呑の底は水平になっていない。手に持ったままだと解らないものの、実は雑な仕事だ。

拙い腕がバレる前に、湯呑を縮めて懐に仕舞った。

さて、証拠隠滅もしたし、ファラ師が即決してくれたこともあって用事は済んでしまった。下手な誤解が生まれる前に、お暇すべきかな。

腰を浮かせかけたその時、彼女はそういえば、と呟く。

「差し支えなければ教えて欲しいのだが。クロゥレン家は、どうしてフェリス君のことを隠しているんだい？」

言っている意味が解らず、身動きを止める。

俺は別に両親から認知されていない訳でもないし、中央にちゃんと出生の届も出ているはずだ。そうでなければ八歳式に出られた筈もない。

素で眉を顰めた俺に、ファラ師は苦笑して返す。

「やはり教えてはくれないか」

「いや、教える教えないというより……何のことだかよく解らないのですが。隠すも何も、クロゥレン家は中央に対して伏せている事実は特にありませんよ」

ファラ師は俺が本気で言っていると理解したのか、少し言葉を考える。

「ううん、君が自覚していないだけか？　いやね、通常、君くらいの強度の持ち主であれば、中央で話題に上がるんだよ。成人を迎えたばかりの人間で、総合強度８０００を超えるとなれば、軍部は絶対に黙っていない。有能な人材を押さえろと指示が飛ぶ。私もそういった噂を頼りに勧誘をしているし、アヴェイラはそれで声がかかった」

ああ、なるほど。そういう意味なら話が通じる。

「期待を裏切るようですが、それは別に隠してる訳ではありませんね。俺の話が中央に行かないのは、大した理由じゃありませんよ」

「ふむ、では何故？」

頭に浮かんだ理由があまりにしょうもなくて、俺は苦笑いを浮かべる。

「昼間にジェストとも話をしたんですけどね。クロゥレン子爵領は、辺鄙なこともあってとにかく人が来ないんですよ。ファラ師の身近な人で、うちに来たことがあるって人いますか？」

恐らくはいない筈だ。来客の大半が商人であり、彼らには軍部との繋がりは無いようだった。話題に上らないのだから、お偉いさんの耳にも入らない。

では監査官はどうかと言えば、彼らの仕事は銭勘定だ。資産を守れるだけの武力があるかは気にかけたとしても、その上限にまでは目を向けない。そもそも対応するのが領内最強のミル姉なのだから、他者を意識するようなことも無いだろう。

「……確かに、直接あそこに行ったことのある者はいないだろうな。しかし、ミルカ様やジィトについてはやはり話題になったぞ？」

「それが次の理由ですね。魔術ならミル姉、武術ならジィト兄——あの二人の単独強度は世界的に見ても突出しています。人の上に立つのに充分過ぎる数字でしょう。一方、現場で求められるのは、目の前の魔獣なんかを相手に出来るかどうかです。数字なんかじゃありません。だから、上に立たない俺に求められるのは、魔獣の対処が出来るかどうかだけだった」

実際のところ、ミル姉やジィト兄に求められたのも現場での対応力だったとは思うが、二人の場合はどちらを当主に据えるかという問題があった。立場を放棄した俺と違って、二人は数値を晒す理由があったのだ。

そして、最初から期待されておらず、不出来だと思われていた俺には、数値を晒す理由も機会も無かった。

「後は……強いて言えば、俺があまり強度を晒したくなかったというのもあります。何年か前までは、誰を当主に据えるべきか領内では論じられていました。俺はミル姉が相応しいと思ったし、ジィト兄も最終的にはそう思ったようです。家の中が揉めるような要素は極力少ない方が、こちらにとって都合が良かったんですよね」

「ああ……そうだったのか」

ファラ師は何故か目を見張って俺を見つめる。唇が微かに震えていた。

意識的にそれを無視し、話を続ける。

「だからまあ……俺が話題に上がらないのは大した理由ではないですよ。面倒事から逃げようとしたら、結果的にそうなったってだけです。俺は凡庸だと見られていますし、それが事実でもあるので、身の丈には合っていますしね」

一応、貴族として相応しい、家族に貢献出来るだけの力量は身に付けたつもりだ。ただそれも、最低限の責務を果たすべきかという、迷いの表れに過ぎない。

見切りの悪い、凡庸な人間。それが俺だ。今更変われないとも思っている。

ともあれ、クロゥレン家の不出来な次男坊についての話はこれでおしまいだ。隠してい

た訳ではないと納得してもらえれば、中央に要らぬ詮索をされることもないだろう。

後は本当にファラ師が黙っていてくれさえすれば、何も問題は無い。

ひとまず必要な説明はしたかなと人心地ついていると、不意に鼻先が柔らかい匂いで包まれた。気付けば、ファラ師が口づけるような距離で俺を見つめている。

……?? ん、何?

性的なことよりも先に、動きの起こりが見えなかったことに驚く。混乱している俺の髪を、ファラ師は優しく手で梳いた。

「君は頑張ったのだなあ、フェリス君」

「え、そ、そうですか?」

「そうだとも。君が退いたから、クロゥレン家は今の形で成立したんだ。君は胸を張って生きることを覚えた方が良い」

他人からこんな風に褒められたことは無かった。貴族としての俺を評価する人がいるなど、考えもしなかった。鳩尾《みぞおち》の辺りが熱くなって、少しだけ指先が震える。

「ありがとう、ございます」

かろうじて感謝を口にする。俺の中の何かが、救われた気がした。

伏して祈りを捧げたくなるような気持ちがあるなんて、初めて知った。

研磨職人

日が落ちて暫くした頃、フェリスは屋敷を去って行った。ファラ様とあれこれ話し込んでいたようだが、妙にすっきりした顔をしていたので、何か得るものはあったのだろう。

二人の間に過ちは無かった……と信じたい。

いや、互いが惹かれ合った結果なら構わないのだけれど、人目は意識して欲しい。でも、二人とも醜聞なんて、まるで気にしていない気もする。

誰かが余計な介入をしないだろうか？　いざという時の対応を考えると、喉が詰まり口中に酸っぱい唾が溢れた。

腹がうねるような感覚と、うっすらとした吐き気。最近は油断するといつもこうだ。医者からもらった粉薬を飲み、症状をどうにか誤魔化す。辛い時だけ服用しろと言われているものの、辛くない時が無い。

この不調と付き合うようになって、もう何年になるだろう？

唾を飲み込んで、込み上げるものを体の奥へと押し込む。

……あともう少しだ。もうじきアヴェイラもいなくなる。ファラ様も中央に戻る。まだ耐えられる。

これが終わったら、フェリスに頼んで御父上への紹介状を書いてもらおう。たまには僕だって、自分の好きな時間を過ごしても良い筈だ。

胸の辺りを握り締めながら、食堂へと歩いて行く。食事が欲しい訳じゃない。すっきりしない気分を変えるため、ただ水をがぶ飲みしたい。

そうして開けた扉の先で、アヴェイラと父上が何やら話し込んでいた。

「む……今から食事か？」

「いいえ、水をもらおうかと。食事は済ませています」

これは嘘ではない。食べたくなくとも、食べなければより体調を崩すことくらいは理解している。最低限、体型くらいは維持しなければ、誰に何を言われるか解ったものではない。

父上は僕を上から下まで眺めると、小さく溜息を漏らした。アヴェイラは何が面白いのか、唇を歪めてこちらを見詰めている。

「お前はもっと体を作るべきだな。食事が口に合わんのなら、厨房の人員を変えるか？」

「いいえ、結構です。彼等の仕事ぶりは確かですよ」

言葉だけ聞けば優しいが、こちらを心配している訳ではなく、僕の線の細さに対する落胆なのだろう。父上は強度主義者だ、弱い僕にあまり価値を置いていない。アヴェイラが嗤っているのは、父上の不満を先んじて耳にしていたからか。

……不快な目が、並んで僕を捉えている。僕は甘んじてそれを受け入れる。

やがて父上は視線を外し、話を切り替えた。

「まあ、良い。先程ウェインには伝えたが、私は明日から暫く不在にする」

「どちらへ？」

「中央だ。大角が研究所に持ち込まれたようなのでな。解析も多少は進んでいよう」

伯爵領に現れた謎の魔獣か。確かに不気味な存在ではあるが、そう大きな被害は出ていないとも聞く。わざわざ父上が直接動くようなことだろうか？

「何か気になることでもあるので？」

「私ではなく、ダライ王子がな。下らん仕事とはいえ、主命とあらば従う他あるまい。……まあ、近々アヴェイラも世話になるのだし、挨拶を済ませておくことも必要だろう。ファラ殿との話はお前とウェインに任せる」

近衛の統括は王族がしていたのだったか。中央に行くのであれば、アヴェイラの覚えを良くしておきたいと、父上なら考えるだろう。そんなに娘の地位を願うなら、ファラ様との面談も済ませるべきだけれど……あの方は貴族ではないからな。父上の趣味からは微妙に外れるか。

アヴェイラは中央での予定を聞かされて、随分とご機嫌な様子だ。

「父上、王家の皆様に何卒宜しくお伝えください。私も近衛として活躍出来るよう、研鑽を積んで参ります」

「うむ、励め。お前ならば、いずれはこの国に名を馳せるだけの武人になろう」

薄ら寒い遣り取りだ。

僕と兄上しか残らないとなれば、アヴェイラはより増長するだろう。父上もそれを解っていて、敢えて好きにさせている。アヴェイラが修行と称して害した者など、もう数えきれない。二人とも、強者が弱者を弄ぶことを、当然の権利だと思っている。

尻拭いをするのは周りの人間だ。僕たちはまた厄介事を押し付けられるのか。

この先を想像すると気道が狭まり、呼吸が巧く出来なくなる。隙間風のような呼吸が漏れた。

もう付き合い切れない。僕はひとまず指示を受諾し、すぐさま席を立つ。

この圧迫感から解放されるため、どうにかこの二人を排除出来ないか——そんなことばかりを必死で考えてしまう。

◇

大角の話が長引いているらしく、ビックス様はいつまで経っても戻って来なかった。ならばとジェストには宿泊を勧められたが、アヴェイラの一件があるので、最終的には止めておくという判断になった。ジェストと話をするのは吝《やぶさ》かではないものの、彼女が絡んで来るであろうことは明白だったからだ。

別に、アヴェイラの言動の全てが間違っているとは言わない。正鵠《せいこく》を射ることだって往々にしてある。ただ、それ以上に性格が鬱陶しいため、付き合う気になれない。

暴力に対抗出来ると解った分、精神的にはだいぶ楽にはなったけれど。

「ジェストは大丈夫かねぇ……」

アヴェイラが突撃してきた時、アイツは気の毒なくらい顔色が悪くなっていた。侯爵家からすれば辺境の子爵家なんぞ木っ端みたいなものだとしても、それだって貴族としての礼儀をこなした上での話だ。格下が相手だからといって、非があれば責められるのは当たり前のことだろう。

その辺の教育を受けて来なかったのか、それともどうせ出る家だからと軽視しているのか。いずれにせよアヴェイラの在り方は危うく、きっと侯爵家の名に傷を付ける。

自分にその辺が出来ているかは棚上げするとして、真っ当な感性の貴族であれば、アヴェイラを手元に置いておきたいとは思わない。俺がジェストの立場なら、アヴェイラの尻拭いを続ける生活なんて早々にぶん投げている。

少しくらい、アイツに時間を作ってやるべきか。

思い立って、会話の中で出て来た父への師事について便りを出すことにした。組合の交換便を使おうと、賑わう通りを一人歩く。中央に近いこともあり、街全体の人気《ひとけ》が多い。栄えている領はやはり活気が違う。

やがて辿り着いたレイドルク領の組合は、ミズガル領のものよりずっと歴史を感じさせる佇まいをしていた。良く言えば重厚、悪く言えば暗い。

馴染みの無い人間が入り辛いよ、と苦言を浮かべつつも中へ。真っ直ぐに手近な窓口へ進み、組合員証を見せる。

「失礼、便りを出したいのですが」

「かしこまりました、そちらの記載台をご利用ください。因みにどちら宛ですか？」

「クロゥレン子爵領です」

彼は机の引き出しに入っていた妙に分厚い板をこちらに差し出し、ある一か所を指し示す。何かと思って見てみると、交換便の日程と料金が記載された一覧表だった。

次の便は三日後で料金は五千ベル。前世の感覚に照らすと、郵便一通で五千円かよと思ってしまうが、このご時世ならそんなものかもしれない。命の危険がある道を行く以上、それだけの支払いはあって然るべきだろう。幸い金には困っていない。

俺は礼を言って板を返し、便りの内容を考える。ひとまず、ジェストが父への面会を希望しており、子爵領に行くかもしれないとさえ書かれていれば、後はどうでも良いか。

道中の出来事を適当に書き連ね、封をして窓口に金と一緒に渡す。ついでに、アキム師の息子の店を聞いておこう。

「すみません、ついでにもう一点。サーム・ハーシェルさんのお店の場所を知りたいのですが、ご存じでしょうか?」

「サームさんですか。研磨職人のサームさんで合ってます?」

「はい、そうです」

「あれ、さっき来てなかったっけか? フィッツさん、サームさんってまだ中にいます?」

事務員が窓口の奥のほうにいた女性に問いかける。女性は何かの帳簿を確認し、頷いて見せた。

「向こうで納品してますよ。終わったら呼びます?」

「お願いします」

お言葉に甘えて、隅っこで待たせてもらう。

……今更とはいえ、ビックス様を待って同行をお願いした方が、後の展開は楽だったか？　いや、流石にアキムさんの息子なら、伯爵家長男の顔を知っている可能性は高い。委縮させるより別行動の方が、ミル姉の目論見は成功しやすいか。どちらの方が伯爵領の利になったのだろう。

首の後ろを揉み解しながら、つらつらとそんなことを考える。

サームさんとやらはどんな人間だろう。こちらを若造と侮って値切りに来るか、それとも真っ当な金額を払うか。俺が取引の結果を誰かに漏らすかもと思えば、無茶な金額の指定は出来ない。しかし、短慮な人間がとんでもない選択をすることは往々にしてある。

金は最低限支払われているので俺は困らないとしても、ハーシェル家は果たして正解を選び取ってくれるだろうか。せめて、アキムさんが安心出来る結果になれば良い。

何となく気持ちが落ち着かず、魔核を弄ることにする。水術を込めて薄い青を出しながら、平皿を作る。そこまで頑丈にするつもりもなく、形も単純なものではあるが、あまり雑な物にする訳にもいかない。目の前の机に置いて水平を確かめながら、五枚ほど仕上げる。作業中は魔力を撒き散らさないよう、細心の注意を払った。

シャロット先生の技術を学んでおいて本当に良かった。しみじみと感謝する。

「さて、まだかな?」

作業の手を止めて顔を上げる。窓口の事務員が口を半開きにして、こちらを窺っていた。

「ん、何か?」

「さ、作業がお早いですね」

「ああ……師匠がとにかく数をこなせ、って人間でしたからね。色々と拘ればもっと時間はかかりますよ。因みにコレ、買います?」

単なる手慰みなので、価格のことは意識していない。出来の方は可も無く不可も無くといったところだ。ただ、組合の職員なら幾らつけるのかが気になり、受付に並べて見せた。

彼は一枚一枚手に取り、色んな角度から現物を確かめると、腕を組んで悩み始めた。

「六千……いや。作業工程を見せていただいたことも含め、一枚七千ですかね。如何でしょう」

「お買い上げありがとうございます。良い取引になりました」

見世物としてのオマケはさておき、想像以上の高値がついた。契約成立に握手をし、金を受け取る。ついでに証に納品履歴をつけてもらい、実績にしておいた。こういう細かい所で点数を稼いでおくと、階位を上げる時の足しになる。

暇潰しがてら事務員と歓談していると、サームさんの取引が終わったと声がかかった。

俺は会話を切り上げ、フィッツさんとやらが用意してくれていた席へと移る。

軽く会釈をし、茶色い作業着を着た男性の向かいに座る。なるほど、具体的にどこがと言える訳でもないのだが、雰囲気がアキムさんに似ている。

「初めまして。帰りがけにすみません、フェリス・クロゥレンと申します」

「サーム・ハーシェルです、バスチャーさんから話は聞いてますよ。父から依頼を受けていたそうで……到着するのが早かったですね」

「ええ、私用もあってこちらに向かうつもりでしたから。早速ですが、依頼のお話をさせていただいても？」

「そうですね、丁度良くお会い出来たのですから」

サームさんは笑って居住まいを正す。物腰は柔らかく、こちらを若輩だと侮ることもない。対応は今のところ合格。しかし、目の奥の冷たさが若干引っかかる。

滲む嫌な予感に、唇を唾液で湿らせる。内心を悟られないよう、深く呼吸をして俺も居住まいを正す。

サームさん、秤に乗っているのは、金ではなくて貴方の将来だ。

頼むから、裏切ってくれるなよ。

職人の目

――バスチャーさんから聞いてはいたが、やはり若い。

フェリスと名乗る職人は、成人したばかりとあってかなり幼い顔立ちをしていた。目上との遣り取りに慣れているようで、生意気な印象は受けない。しかし、年齢からして実績はほぼ無いだろう。父が彼にわざわざ指名依頼を出す理由は……面倒見の良かったあの人のことだ、金に困らないよう配慮でもしたか。

元々職人は厳しい世界なのだ、若手を甘やかしてもロクなことにはならないだろうに。

内心苦々しく思うものの、それは彼が悪い訳ではない。本来なら父やバスチャーさんが、現実の厳しさを教え込まなければならなかったのだ。それに、目上から命じられれば、彼くらいの年齢であれば従わねばならなかっただろう。

わざわざ訪ねて来てくれたのだから、せめて足代くらいは上乗せしてやる必要がある。

父の工房で出た損失をどうにかしなければならないというのに、痛い出費になりそうだ。

こちらの苦悩に気付かず、フェリス君は話を始めた。

「既にお話は通っているようですが、私がアキムさんから受けた依頼は包丁の柄の部分になります。刀身は自分で研ぐということでしたので、それらしい形に留めてあります」

「失礼。こちらも全て把握している訳ではなくてですね。現物を見る前に、君は何の職人なんですか？」

「ああ、こちらこそ申し訳ございません。私は魔核職人です。私の師がアキムさんと交流がありまして、それで縁を持ちました」

魔核職人とは珍しい。ただ、アレはどちらかと言うと同じ物を大量生産する仕事であって、品質を求める分野ではない。無論、造形や機能に優れた物を作る人間もいるが、独り立ちしたばかりの人間にそれを求めるのは酷だ。

まあ……期待すべきではないな。

表情を崩さないように意識する。父は彼の作品に幾ら提示したのだろう。出来が悪ければ金額を下げて問題は無いにせよ、こちらから口にした額をあまり下げるのも体裁が悪い。

「ふむ。契約内容の解る物は持っていますか？」

「いえ、酒の席での話でしたから、口約束ですね」

雑なことをしてくれる。ただ物証が無いのなら、金額によっては突っぱねることが出来るな。少し緊張を緩め、話を進める。

「正直、私は父の金銭感覚を把握出来ていません。幾らでという話だったのですか？」

「言い値です」

「……言い値、ですか？」

「はい。出来上がりを見てもらって、アキムさんが値付けをする、という取り決めになっていました」

父の考えがいまいち解らない。仕事が無いと苦しいだろうから指名はする。ただし出来については厳格に判断し、甘やかす真似はしない、ということか？

まあ不出来なものに高額を払うことはないにせよ、彼も父も妙に遣り取りが適当だ。職人にありがちな、感覚で金勘定をする手合いなのだろうか。

「……ひとまず、話としては納得しました。しかし、それだと一ベルももらえない可能性があることは解っていますね？」

「勿論。そういう評価であるのなら、甘んじて受け入れましょう」

フェリス君は淡々と言い、微笑んで見せた。これくらいの年齢だと、支払いが無いことへの恐れがある筈だが、彼にそんな気配は無い。言動から察するに、裕福な家の生まれだとか？　だから細かい金の話はしなかった？

いや、考えても仕方が無いことだ。

本気であれ道楽であれ、まずは現物だ。職人は現物を見て判断しなければ。

「色々煩く言ってしまいましたね。では、品を拝見しましょう」

「どうぞ」

包みが取り払われる。

まず目に飛び込んでくるのは艶めかしい銀色。全体が同じ素材であればこそ、単色でまとめたか。色におかしな濃淡も無く、発色も良い。また、柄は手が握り込む形に緩やかに凹み、滑り止めなのか細かな格子模様が刻まれていた。ここまで細かいと、魔力を使わずにこなすのはかなりの根気が必要になる。

――正直、侮っていた。こうも見事な柄は、そうそうお目にかかれるものではない。充分過ぎる仕事だ。

ただ、仕上げをこちらに任せることにしているだけあって、そこから先はかなりお粗末なものだった。刀身は幅の狭い、平たい棒のままになっている。摘まんだ感じ、このままでは作業に取り掛かれない。

「刃についてはこちらで、という話でしたね」

「ええ、そうです。如何ですか？」

「刀身の部分に厚みと幅を持たせることは出来ますか？」

私の問いに、フェリス君は眉を跳ね上げる。

「出来ますが、アキムさんはこれくらいでという指示でしたよ？」

「ええ、完成形はそうなんだろうと思います。ただ、研磨するということは磨り減《す》るということです。私たちは減らすことは出来ても増やすことは出来ない。作業のための余裕が欲しいのですよ」

答えに納得したのか、彼はなるほどと呟いて、魔力を込め始める。細い糸が束ねられるように、魔力が太いものへと静かに変じていく。編み込まれた力の流れが魔核に注がれ、見る見るうちに刀身は私の求める形へと膨張していった。

恐ろしいまでの業《わざ》の冴え。派手さはなく、ただ必要な分を無駄なく処理している。あまりに卓越し過ぎていて、私の魔術強度では全体を知覚しきれない。

これが……これが本当に、成人したばかりの少年か？

私はすっかり乾いた口中を唾でどうにか潤し、喉を震わせる。

「……正直なところ」

「はい？」

「君の腕には期待していませんでした。父が義理か何かで発注をしたものだと思い込んでいました」

「実際、始まりはお義理というかご祝儀という話だったので、何も間違っていませんよ」

顔色一つ変えず、彼は告げる。自慢するような気配も、気負った様子も見られない。過不足の無い仕事をした人間の佇まいだ。それだけに、己の不甲斐なさが悔やまれる。

「私がこれに値段をつけるなら……二十三万。作業を他者に引き継ぐことを考慮していない分、多少減点しました」

「それについては返す言葉もございません。やはり、経験していないことについては甘さが出るのだと思います」

素直な声だ。反論らしい反論もない。

私は力無く白状する。

「ははは、まあ、実際は難癖ですよ。気持ちとしてはもっと支払うべきだと思っているんです。ただ、お恥ずかしい話ですが……父が仕事を出来なくなったことで、結構な返還金の請求が届いています。私が今貴方に払える対価が、これで目一杯なのです」

柵がもしも無かったのなら、三十万でもおかしくない仕事だ。先入観で安く抑えようとした自分の浅ましさが呪わしい。足代などとは思い上がりだ。職人の端くれとして、この作品に不当な金額をつけることを己が許さない。

それでも、現金が無い。

フェリス君は少し考え込んでいた様子だったが、やがて一つ頷いた。

「サームさん。もしも可能なら、別にこの包丁でなくてもいいので、一度作業を見せていただけませんか。見せていただけるなら、支払いは無くても構いません」

「は？　いや、勝手に工房の物を弄らなければ問題はありませんが……何故です？」

他業種の職人の仕事に興味を持つのは解る。勉強にはなるだろうし、見せるのも吝かではない。ただ、中流家庭の一か月分の稼ぎを投げ出すほどの価値は無い筈だ。

訝しむ私に、フェリス君は苦笑で応じる。

「昔、私はアキムさんから研ぎを教わっていたんですよ。基本だけという約束ではあったんですが、その基本を学び終える前に、祖父が死んでしまった。私は実家に戻ることになって……結局、教えを受ける機会を失ってしまったんです」

だから、研ぎ師の仕事を一度見直したいのだと、彼は言った。

……なるほど。

私は今第六階位で、父の腕には遠く及ばない。それでも、初心者に教えられることはあるだろう。私の技術が彼の質を高められるのなら、それも面白いと思う。

「ではこうしましょう。私はフェリス君に二十万を払う。そして、端数の三万ベルは指導料でいただきます。ただし先に言っておくと、私も基本は父から教わりましたが、それ以外は独学です。研ぎ師として正規の手順であるのかは解りません」

私の言葉に、フェリス君は初めて喜色を見せる。

「一向に構いません。是非お願いします」

「なら、商談はこれで成立ですね」

遣り取りは組合員が見ているのだし、書面での契約は不要か。先程の納品で手にしたばかりの金の中から、二十万をそのままフェリス君へ渡す。そうして彼からは包丁を受け取った。妻からまたくどくどと言われるとしても、払わなければならない金が幾らか減ったと思えば、そう悪くはない取引だ。

吸い込んだ息を大きく吐き出す。取り敢えず父の負債が一つ片付いた。いつまでこんな苦しい資金繰りが続くのやら。

気が重くなる要素を振り払い、会話を戻す。

「そういえば、うちの工房の場所は知っていますか？」

「会えると思っていなかったので、ここで聞くつもりでした」

「そうですか。場所はですね、この建物を出たら真っ直ぐ進んで、一番最初の角を左に行ってください。そこから暫く歩いた先の、赤い屋根の建物がうちです。看板も出しているので、解るとは思います。こちらも今抱えている作業があるので、三日後の……昼過ぎからでよろしいですか？」

「解りました。では三日後、お邪魔させていただきます」

握手を交わし、彼は颯爽と出て行った。人格的には問題無いし、大人しく話を聞いてくれそうではある。後は物覚えだけか。

やれやれ、帰ったらもう一件こなして、作業場を少し整理しよう。

大きく体を反らし、凝り固まった背筋を伸ばす。筋肉が凝っているらしく、軋みを上げた。年は取りたくないものだ。肩を自分で叩き、解していると、フィッツ女史が茶を持って来てくれた。

「あら、フェリス様はお帰りですか？」

「ありがとうございます、ついさっき帰りましたよ。彼のことをご存じで？」

やはりあれだけの腕前を持つ職人で、かつ若年ともなれば組合も注目するだろうな。しかし、フィッツ女史は慌てて首を横に振った。

「個人的な付き合いはありませんよ？　ご存知というより……サームさんこそ知らないんですか？　十五年ほど前に、ミズガル伯爵領の隣に新しく貴族領が出来たじゃないですか」

話を聞いたことはあるが、私が実家を出たのはそれよりも前だ。以来仕事ばかりこなしてきたので、正直世俗には疎い。

首を傾げ、先を促す。

「あら、本当に知らなかったんですね。そこの領地は、クロゥレン子爵領といいます」

……は？　え、本当に？

自分がとんでもない間抜け面を晒していると解る。解っていても、なお表情を戻せない。

「組合でも一時期話題になったんですよ、成人もしていない貴族の子弟が職人になった、って。仕事熱心だし、腕も悪くないんで、内部的には有望視されています。貴族らしい傲慢さもありませんし、性格も良い感じでしたね。……まあ、侯爵領で余計な騒ぎを起こそうとはしないでしょうけど」

貴族に絡まれないよう、誰にでも丁寧に接するようになったのはいつの頃からだったか。お偉いさんのことを把握しきれないが為の自衛手段が、実際に活きることがあるとは予想もしなかった。

冷や汗が噴き出て来る。腕を見なければと、考え直した自分を褒めてやりたい。

「話は巧くまとまったんですか？」

「はい、幸運なことに。……次からは、先に相手の素性を教えてください。こんなに焦ったのは久し振りです」

胸が激しく鳴っている。それと解るほどに呼吸が荒くなっている。

しかし、冗談だとでも思ったのか、フィッツさんは笑うばかりで答えを返さなかった。

付与講座

何故、こんなことになったのだったか？

日が出るか出ないかの早朝。

手に馴染んだ斧を構え、私は侯爵家のご令嬢と向かい合う。相手は細剣を両手に一振りずつ持ち、緩やかに切っ先を下げている。紛うことなき強者の気配で、全身に汗が滲んだ。

――戦う理由を思い返す。

話し込んでいる内に日が暮れてしまったので、侯爵邸にお世話になることになった。時間はかかったものの、侯爵が満足するだけの内容を伝えたことで、私の要件は済んだ。

ここまでは良い。

その後フェリス殿と『交信』し、合流する時間帯も決まったので、朝食後はすぐに帰ろうと思っていた。しかし、そこで待ったがかかった。

折角他領の守備隊長が来たのだから、手合わせを願いたいとアヴェイラ嬢は言った。一部の人間は止めたが、私の立場からすれば、格上の貴族からのお話を断れる訳が無い。

フェリス殿はきっと、危惧していた通りこのご令嬢と揉めたのだろう。他家の貴族が来訪したのなら、余程のことが無い限り宿泊込みでもてなすものだ。それが屋敷ではなく宿を利用している時点で、何かあったことは窺える。

そりゃあこんな女性が相手なら、誰でも宿を選ぶだろう。

やらざるを得ないとはいえ、全くやる気が出ない。

嬉々としたその顔からは、相手を捻じ伏せたい、強さを誇示したいという稚気が透けて見える。決闘ではなく手合わせなのはまだ幸いとしても、戦うとなれば見届け人が必要だ。役目を回されたファラ様も渋い顔をしていた。

「双方、準備は良いか」

「ええ、いつでも構いません」

ファラ様の問いに、アヴェイラ嬢が澄まし顔で答える。私は返答をしたくなかったが、覚悟を決めて頷く。武人としての格も、貴族としての格も相手が上。勝てる試合でもないし、勝って良い試合でもない。

それと知られないよう溜息をつく。気持ち良く勝たせつつ、大怪我は避けよう。

目標は決まった。

私の首肯に対し、ファラ様は手を振り下ろした。

「では、始め！」

号令と同時、滑るようにアヴェイラ嬢が距離を詰める。静かな身のこなしに舌を巻くも、反応出来ない動きではない。相手が刃圏に入った瞬間、牽制の一薙ぎを放つ。

彼女は平行に並べた剣で一撃を流し、少し後ろに下がった。

目視した限りでは曖昧だったが、どうやら私の方が間合いが広い。ただ一方で、斧は取り回しの利く武器ではないため、手数や精度はあちらが上だろう。出入りを激しくされると、ついていけない可能性が高い。

慎重に構え、相手へとにじり寄る。彼女は楽し気に頬を緩め、再び前進を選ぶ。

真っ直ぐ迫ると見せて、刃圏の直前で左へ。たった一度で間合いを見切られている。振りかけた斧を止め、肩を狙った突きを仰け反って避ける。

姿勢が乱れてしまった。

「シッ」

呼気とともに二度目の突きが迫る。それに合わせ、こちらもどうにか斧を突き出す。狙いを定める余裕は無い。

武器同士が絡み、甲高い音を立てた。

アヴェイラ嬢は回避を優先し、再び距離を取った。こちらは頬を多少削がれたものの、運良くそれだけで済んだ。

……うん、想定通りだな。

やる前から解ってはいたものの、私ではアヴェイラ嬢に及ばない。武術強度に大きな差は無さそうだが、それでも確実にあちらが上だ。まして私は魔術が苦手と来ているので、戦局を変えることも出来ない。

いやはや参った。負けるにしても、もう少し体裁を保ちたいところだ。

しかし対抗するとしても、どういう手がある？　ファラ様がいる以上殺される可能性は低いと信じて、突貫してみるべきか？

斧を握り直し、肩へ担ぐ。勝ち筋が皆無という訳でもないが、切り札を出すほどの戦いでもない――二度使えない手である以上、使うなら殺さねばならない。

いや、単純に考えよう。どうせ勝ってはいけない勝負だ。いざという時に殺し切れるよう、今回は相手を測る。派手に負けてもその時はその時。

そうと思い定めれば、やることは単純だ。

脚力と腕力を強化し、膝を曲げて上体を捩じった。魔獣を一撃で仕留めるための、工夫の無い構えだ。対人戦で使う技ではないし、それ以前にそうそう当たるものでもない。

ただし、当たったら終わりだ。

「へえ……恐ろしいものですね。ビックス様を侮っていました」

「お褒めいただき光栄ですな」

言いつつも、余裕が滲み出ている。まあ実際、怯みさえしなければ対処は簡単だろう。

大きく息を吸い込む。

「おおッ!!」

「うふふ」

一喝と共に走り出す。彼女は左右に揺れながら双剣を持ち上げ、そして――

「くっ!?」

間合いの遥か外から、刺突が飛んできた。

反応出来ず、手の甲と肩を浅く貫かれる。握力を失って斧が地面に落ちた。後は武器の無い、無防備な体が前に流れるだけ。

ここまでか。

降参を告げようとした私の喉へ、追撃が迫る。と、目の前を細い何かが過《よぎ》り、アヴェイラ嬢は慌てて腕を引いた。

「そこまで」

ファラ様が厳かに告げる。そしてその横には、弓を構えたジェスト様が、無表情でアヴェイラ嬢に照準を合わせていた。

◇

ビックス様と合流すべく再び侯爵家へとやってきた訳だが、どうも朝から揉めているようだった。早くもうんざりしつつ、使用人の案内で庭へ通される。

そこにいたのは、血を流して膝をつくビックス様と、それを見下ろすアヴェイラ。そして、アヴェイラへと矢を構えるジェストに、並び立つファラ師の四人だった。

ジェストがアヴェイラを本気で狙っていることは、かろうじて理解出来る。加えて、またアヴェイラがやらかしたらしいことも。

何はともあれ、ビックス様の治療を急ぐべきだな。

俺はビックス様へと駆け寄り、彼を引き起こす。

「大丈夫ですか？　まず止血をしましょう」

目立った傷口は二か所。血はそれなりに出ているものの、深い傷ではないようだ。後遺症が残るようなものではない。状況にひとまず安堵し、陽術を組み上げる。自然治癒力を多少高めてやれば良いだろう。

簡単に傷は塞がり、ビックス様は手を開け閉めして感覚を確かめた。

「ありがとう、フェリス殿。いやはや、アヴェイラ嬢はお強いですな」

「そちらも想像以上の腕前でした。手を抜けばこちらが負けていたでしょうね。……ジェスト、手合わせは終わったんだから、弓を下ろしなさい」

「お前が剣を収めて下がったらな」

確かに、決着しているのに刃先を突き付けたままなのは無礼な振る舞いだ。これ以上踏み込むようであれば、実力行使も許されるだろう。

しかし練り上げた魔力を使うまでもなく、アヴェイラは素直に引き下がった。涼やかな音と共に、双剣が鞘に収まる。

俺はビックス様を庇えるよう構えたまま、ジェストに問う。

「因みに、どういう状態だ？」

「アヴェイラが手合わせを希望し、ビックス様が受けてくださった。勝負が決した状態で、追撃を加えようとしていたから、僕がそれを止めた」

「あら、それは私を侮り過ぎね。ちゃんと止められるくらいの腕はあるけど？」

「出来るからといって、そうするとは限らない」

つまり止めるようには見えなかった、ということか。

ビックス様が手合わせを承諾した以上、他人にどうこう言う資格は無い。そして手合わせである以上、ある程度の怪我は付き物と言えるだろう。

そして、事故は起こるべくして起こる……解っていてやったな？

「その目は何？」

「悪いな、辺境の蛮族なものでね。顔を取り繕えないんだ」

俺は軽口で応える。視線に感情が出てしまったか、アヴェイラが顔を顰めた。

「言っておくけど、試合だからと言って手を抜く方が失礼でしょう？　結果として、私が勝っただけのことじゃない」

「文句は無いさ、俺は現場を見ていた訳でもないしな。強いて言うことがあるとすれば、誤解を受けるような真似は避けるべき、ってくらいだ」

ああ、もう一つあったな。

「それと、貴族法で判断するなら、身分はお前よりジェストの方が上だ。強い弱いは関係無い。末席とはいえ司法関係者なら、上位者からの指示には従え」

近衛になるため家を出るのであれば、家督からは切り離され内部的な立場は下がる。独立するとはそういうことだ。法的な立場は俺と大して変わらず、偉そうな口を利けるだけの身分ではない。

巧い反論が浮かばなかったのか、アヴェイラは唇を震わせて二の句を継げられずにいた。細い指先が、武器を求めている――本格的に叩きのめさなければ駄目か？　なるべく絡まないようにしたいにも拘わらず、状況がそれを許してくれそうにない。

相手に対応出来るよう『集中』で挙動を確認しつつ、ファラ師に向き直る。

「大まかな治療は終わりました。用事もありますので、ビックス様をお連れしても？」

「そうだな、失礼した。……ビックス様、ご協力ありがとうございました。良い気迫でした」

「ファラ様にお褒めいただけるとは、光栄です。今後もより一層精進いたします」

平常心のまま謝辞を述べるビックス様に感心する。俺も適当に頭を下げ、ひとまず彼女らから距離を置いた。

しかし、ファラ師はアヴェイラの上司という位置付けではあるものの、いまいち抑止力を発揮出来ていないな。平民からの叩き上げであることと、アヴェイラがまだ正規兵でないことが相俟って、巧く口出しを出来ずにいる。ジェストに従わないのなら、ファラ師がどうにかするしかないというのに。

正規兵になってから揉め事を起こされるよりは、僭越だろうと現時点で矯正してしまった方が良い。いや、むしろ、矯正しなければ後々で絶対に問題が起きる。もしかして、辞任のきっかけでも探しているのだろうか。

中央の混沌ぶりを想像して、気分が萎える。

余計なことに触れないよう、真っ直ぐに敷地を出た。手近な建物の陰に入ったところで、俺達はようやく息をつく。

「災難でしたね。傷は大丈夫ですか？」

「ええ、お互い本気ではありませんでしたからね。しかし……最後の攻撃は解らなかったな。急に相手の間合いが伸びた所為で、受け損なってしまいました」

「どういう展開だったんです？」

始まりから終わりまでの流れを、隠さずに話してもらう。直接やり合ったビックス様では解らなくとも、俺で推察出来ることもあるだろう。

内容を聞いてみると、アヴェイラの仕掛けはそんなに難しいものではなさそうだった。

「ふむ。説明の前に……ファラ師の称号をご存知ですか？」

「うん？　三つ全ては知りませんね」

「変えてなければ、『守護者』『魔剣』『王国近衛兵隊長』の三つです。『魔剣』はそのままではあるんですが、剣に魔術を付与する戦い方からついたものなんですよ。アヴェイラはファラ師に憧れがあるようですし、恐らくやり方を自分なりに真似たんだと思います。たとえば刺突の瞬間に風術を乗せて、距離を伸ばしたりね。それと、防御にも使っているんじゃないかな？　細剣で斧を受けるのは、牽制とは言え無理がありますから」

軽くて扱いやすい反面、細剣は脆く折れやすい。侯爵家ともなれば良い品を使っているだろうが、まあ斧と細剣なら普通は後者が負ける。ビックス様の一撃を魔術無しで捌けるなら、アヴェイラの武勇はもっと知られているだろう。

「実際に向けられるのが初めてだと、面喰らうとは思います。ただ、そんな大した技術ではありませんよ」

「ということは、フェリス殿も使えるのですか？」

「武器に魔術を載せてるだけですからね。ジィト兄とやった時、私も使ってましたよ。これです」

実例を示すため、鉈を陰で覆う。俺の場合は間合いを伸ばすのではなく、攻撃の出所を隠す形で使っているものの、技術としては似たようなものだ。まあ、俺の武器は変形させられるので、同じことをする理由も無いが。

ビックス様はやけに関心した様子で、俺の手元を見つめていた。それから、自分の斧を引っ繰り返し、一つ唸る。

「私の得意属性は地なのですが、それでも使えますか？」

「地術だと武器を一時的に硬くするだとか、そういう使い方が考えられますね。簡単なものならお教え出来ますよ」

俺の言葉に、ビックス様は破顔する。基本的な練習方法さえ教えてしまえば、いずれは使えるようになるだろう。たとえモノにならなくとも、地術の鍛錬によって強度は確実に上がる。田畑で害獣駆除をするなら、魔術の向上は必須でもあるだろう。

本当に跡を継ぐ覚悟が出来つつあるのだなあと、当たり前のことを認識した。

やる気があるのは良いことだ。本人がその気なら、ひとまず仕込んでみましょうか。

続・付与講座

ジェスト様の稽古を、座ったまま見物する。

真っ直ぐに伸びた背筋。弦を引き絞る腕に血管が浮かび、一瞬の後に放たれた矢が庭木に突き刺さる。

一呼吸置いて、再び全く同じ挙動。そして放たれた二射目が一射目に重なり、矢を真っ二つに割る。横風の影響を感じさせない、恐ろしいまでの精密射撃。

三射目。鏃《やじり》に炎が渦巻く。赤熱した矢が二射目を断ち割り、庭木を静かに焦がす。

継矢、継矢、継矢——時を戻したかのような景色が、何度も繰り返される。

ジェスト様はそれほど武術強度が高くないと聞いていた。本人でさえも、笑ってそれを認めた。しかし、アヴェイラが揶揄するほど、彼が弱いとは思えない。むしろ弓兵としての練度は、かなり高いと言って良いだろう。

無論実戦となれば対象も動くにせよ、少なくともお互いが止まっているのであれば、彼は決して外すまい。強いて難を挙げれば、一射ごとの威力に欠ける点か。

……よくよく考えてみれば、現侯爵家当主のインファム様も、元は遠距離攻撃を得意とする斥候だった筈だ。『飛行』を使った高所からの投擲は、戦場で猛威を振るったと聞く。細剣を使うアヴェイラの方が例外なのかもしれない。

推察を掻き消すように、一際甲高い音が響き渡る。

「……お見事」

最終的に十本射って、ジェスト様は九本の矢を貫いた。その成果に思わず溜息が零れる。するとそこでは終わらず、腰の矢筒から新たに一本を取り出し、彼は即座に空を射た。矢は垂直に落下し、庭木に突き刺さったままの十射目を貫いて、地面へと舞い降りる。

「曲芸に過ぎませんよ。お目汚しでした」

振り向いた青白い顔には、一筋の汗すら流れていない。そして、自分の技を曲芸と切って捨てるその声色に、一片の嘘も含まれてはいなかった。彼は本気で、自分が大したことがないと思っている。

「謙遜することはありません、素晴らしい腕前です。美しさすら感じました」

「褒め過ぎですよ。僕のは当てる弓で、仕留める弓ではありませんから」

仕留められるところに、幾らでも当てられる弓ではないのか？　彼の物言いに、つい先日の記憶が蘇る。

「フェリス君も似たようなことを言っていましたよ」

「というと？」

「自分は凡庸だ、と」

目を少し見開き、そして、ジェスト様は楽しそうに声を殺して笑う。喉奥から隙間風のような音が漏れ、やがて彼は咳き込んだ。歩み寄ろうとした私を片手で制し、滲んだ涙を拭く。

「失礼しました。……まあ、その発言はフェリスらしいですね。邪魔が入った所為で聞けませんでしたが、アイツの強度はかなり高かったんじゃないですか？」

何らかの確信があるのか、彼は真っ直ぐな目でこちらを見つめる。フェリス君との関係性から察するに、誤魔化すほどのことではないと感じ、私は素直に白状する。

「彼より総合強度が高い人間を、私は五人も知りません」

貴族と限らず、戦闘を生業とする人間は、武術・魔術双方の強度を2000以上にすることを一つの目安としている。それだけの力があれば、領地間を安全に移動することが出来るからだ。そして、そこから先は個人の嗜好や素質に従って、数値を伸ばす傾向にある。

そういう意味で行けば、あの年齢で両方を5000以上に伸ばしたアヴェイラは、充分過ぎる才能に溢れている。このまま成長すれば、私を軽々と超える武人になるだろう。

だが――フェリス君は、更にその上を行った。

私の言葉に、ジェスト様は心底楽しそうに唇を歪める。

「くく、あはっはっはは！　そうそう、そうでなくちゃ！　ファラ様、一つ忠告しておきます。フェリスの強さを才能で片付けない方が良いですよ？」

「む、何故です？　あの若さで、あの尋常ならざる強度の持ち主に才が無いと？」

私の疑念を、ジェスト様が鼻で嗤う。端々に狂気が滲む。

「才能が無いとは言いません。そうですね……身内の僕が言うのもなんですが、例えばアヴェイラは天才なんでしょう。ただ、フェリスはそうじゃない。あれは努力の結果です。気が遠くなるほどの研鑽を積み重ねた結果なんです。血の滲むような修練なんて言葉がありますが、そんな陳腐なものじゃない。体中から血を噴き出しながら、異能でそれを誤魔化して、只管に己を鍛え上げた結果なんです。同い年の少年がそんな毎日を続けていると知った時、僕がどれだけの衝撃を受けたか解りますか？　何でそんなに自分を追い込むのかと訊いたら、アイツが何て答えたか！」

感極まったような雰囲気に呑まれる。どうにか唾で唇を湿らせ、続きを促す。

「彼はなんと？」

「誰が相手でも勝ち筋を残せるように、だそうですよ。アイツが勝てない相手は多いのかもしれない。ただ——アイツが脅《おびや》かせない相手はいない。僕はそう確信しています。フェリスが自身の言葉を守ってくれていて、本当に良かった」

一息で言い切り、そして、

「フェリスは凡人の光なんです。積み上げた物が身に宿るという、当たり前のことの証明です。だから僕は、ある意味で、彼の信奉者なんですよ」

不意に溢れ出た感情を恥じるように、ジェスト様は俯いて目を伏せた。ただ客観的に見て、彼がフェリス君を崇めるのも無理は無いと感じる。

高い目標へと迷いなく向かい、口にした通りの結果を導く。どれだけの困難があろうと、途中の労力は惜しまない。その様を間近で見せられたなら、敬意を払わざるを得ないだろう。

「実を言いますと——いつか、フェリス君の本気を見てみたいと思っているのです。本人は嫌がりそうですが」

「あはは、そうでしょうね。ただ、アイツはあれで厄介事を引き寄せる体質ですから、いずれは見られるかもしれませんよ」

お互いの口元に笑みが浮かぶ。

その本気が不幸を招かないようにと、少しだけ祈った。

◇

ビックス様は侯爵領で物見遊山をしてから帰る、という話になったので、取り敢えず同じ宿を取ることにした。俺も研磨の訓練で数日は侯爵領にいることが確定しているため、その間に付与の基本を覚えようということになった。

日暮れ時。宿の裏手にあるちょっとした空き地には、俺とビックス様、そして何故かジェストがいた。

いや、何故かというほどのことではない。理由の察しはついている。

「……お前そんなに家が嫌か？」

味わいのある顔で、ジェストはしみじみと頷く。思い返してみれば、クロゥレン領で家督争いがあった時、俺も家にはあまりいないようにしていた。俺は家人を嫌っている訳ではなかったが、ジェストの場合は憧れの人を前にはしゃいだアヴェイラが相手だ。流石に無理だろう。

ビックス様は俺達の顔を、気遣わしげに見比べる。

「ええと、私は席を外しましょうか？」

「ビックス様の訓練なのに、いなくなってどうするんですか。ジェスト、俺らは今から付与の練習をするけど、お前どうする？」

「折角だし僕も付き合うよ。付与は使えない訳じゃないけど、他の人のやり方も知りたいし」

「そっか。とはいえ、俺も正規のやり方はよく知らんけども」

師匠はあくまで魔核加工と自在流を教えてくれたのであって、魔術は誰かの見様見真似だ。グラガス隊長が多少基本を教えてくれたが、恐らく歪んだ形で身に付いている。

それでも、初心者が全くの予備知識無しでやるよりはマシだろう。ということで、使えそうな部分だけ摘まんでもらうことにした。

「では早速始めますか。人に教えるのは初めてなので、不慣れな点はご容赦ください。まずは武器を出してもらいましょう」

俺の言葉に、ビックス様はいつもの斧を取り出す。ジェストは護身用の短剣だ。俺は俺で、斧と同じくらいの長さに調整した棒を握る。

「付与は道具に魔術を込めることを意味しますが、どんな効果が欲しいのか、目的は何かを考える必要があります。個々人の得意属性は違いますから、出来ることも出来ないこともあるでしょう。ただ、ある程度の応用は利きますので、固定観念に囚われないことが大事です。例えば……間合いを伸ばしたい」

俺は棒に風術を込め、離れた場所へと振り下ろす。狙った通り、地面には小さな窪みが出来た。

「アヴェイラがやってることは、こういうことじゃないかと思います。なら、風術が苦手な人はどうするか。地術が使えるなら、こんな方法はどうでしょう」

今度は、棒の先端に石の穂先を生成し、槍に変えて地面を突いた。二人から感嘆の声が漏れる。固定していないため、穂先が簡単に外れたのはご愛敬。

「使っている属性は違いますが、離れた場所を突くという目的は果たしています。自分の得意な属性で、目的を果たすにはどうすべきかと意識すれば、付与は面白い技術になるでしょう。加えてもう一点、これも私見に過ぎませんが、付与で求める効果は単純なものが良いと思います。焦っている時に複雑なことは出来ないからです」

俺が間合いを伸ばしたり軌道を変えたりする際に、付与ではなく魔核を弄るのは、そちらの方が楽だからだ。魔核の扱いは染み付いているため、手癖で事を処理出来る。しかし、付与を使う場合は用途に合った術式を組まなければならない分、工程が一つ増えてしまう。慣れれば問題は無いにせよ、省けるものは省きたい。

そうなると、やはり反射で使える技が求められる。

「ビックス様は地が得意属性ということだったので、基本は二つ。持ち手を伸ばして、距離を稼げるようになりましょう。後は斧を石で覆って、盾にすることも有効です」

「なるほど、戦略が広がりますね」

落ちていた石に魔力を込め、ビックス様は割ったりくっ付けたりを繰り返す。地術としては基礎中の基礎とは言え、簡単そうにこなしている。これなら、滞在中に最低限の形になるだろう。

「ジェストは……風か？」

「僕は火と風だね」

「どっちも俺の苦手属性か。じゃあ短剣そのものを熱するのが一つ。もう一つは、そうだな……間合いを伸ばすだけじゃつまらんな。こんなのはどうだ？」

俺は真っ直ぐに振り下ろした棒の後ろから風を噴出させ、途中で勢いを変える。地面に着く前に今度は逆からの噴出に切り替え、振り上げへと繋げた。

「と、こんな感じで、速さと軌道を変える。なんてのはどうだろう？」

「おおー。いいね、面白いね。流石はフェリス、僕が好きそうな技を解ってる」

コイツは相手を誘導する戦い方をするので、こういう搦手《からめて》が好きであろうことは察しがついた。後は何が教えられるか……ああ、アレがあったな。ただ、俺に出来るだろうか。

思い出したのはミル姉の姿。つい最近、自分がやられた技だ。

取り敢えず試しということで、見やすいように魔核で串を作る。ここから先は『集中』する必要がある。串の先端へ慎重に魔力を練り込み、火と風の魔術を載せて、地面へと投げつけた。

——爆音。

そう魔力を込めていないにも拘わらず、着弾した場所は抉れ、思いの外激しい音を立てた。衝撃で俺が固まっていると、血相を変えた宿屋の奥さんが裏口から駆け出して来る。

「い、一体何の騒ぎですか⁉」

「失礼、魔術の練習をしておりました。ご迷惑をおかけして申し訳ございません」

「他のお客様もいらっしゃいますので、その、あまり大きな音は」

「仰る通りです。大変失礼いたしました」

問題を起こしたのはこちらなので、平謝りするしかない。荒れた地面を戻しながら、俺は只管に頭を下げる。色々と言いたいことはあったのだろうが、この場にジェストがいた

からか、彼女は最終的に宿へと戻って行った。

「……やらかしたな」

爆発の術式を使ったのが久々だったため、こんな喧《やかま》しい音が出るとは想像出来なかった。やはり慣れないことはするものではない。

「凄い音でしたね。今のは？」

驚きで目を丸くしながら、ビックス様が俺に問う。

「あー……野営の時に、種火に風を送り込んで火を熾《おこ》すでしょう？　あれを激しくすると、あんな感じになるんですよ。私の腕じゃ使い物になりませんけど、ミル姉はよく使ってますね」

燃焼と爆発について説明したところで、説明が無駄に長くなるだけだ。細かい部分を割愛し、俺はジェストに向き直る。

「モノになるかは解らんし、俺では教え難《にく》い技術だけど、一応見せておく。風と火が得意なら、お前の方が向いてるだろうしな。練習場所に困りそうだが……威力はあるから、覚えて損は無いんじゃないか」

ジェストは暫く考え込んでいたものの、顔を上げた時には、珍しいくらいに目を輝かせていた。

「こんな技術があったんだねえ……」

「簡単ではないにせよ、な」

いつになく熱心な声色に、身構えてしまう。ジェストは感極まった様子のまま、己の両手に火弾と風弾を生み出した。そのまま弾をぶつけはしないかと、内心で慌てる。

「慌てなくても、いきなり使ったりはしないよ。ただね、僕はずっと、自分の攻撃は決め手に欠けると思ってたんだ」

言われて、ジェストを見遣る。筋肉質という訳ではなく、どちらかと言えば線の細い体つきだ。魔術が得意という訳ではないと、かつて聞かされたこともある。時間を見つけて鍛えているとしても、確かに決定打には欠けるかもしれない。

ジェストは魔術弾を握り潰すと、微かに笑った。

「もういい加減、非力だなんだとこき下ろされるのには、うんざりしていたんだよ。それに、かの有名なミルカ・クロゥレンの秘術の一つを教えてもらったんだから、この技術には是非挑戦したいね」

……秘術というほど大層なものではない、とは口に出来なかった。本人にとって、非力であるということは強烈な劣等感だったのだろう。

狂気を孕んだ、尋常ではない目がそこにある。

逃げてしまえ、と言うことは簡単だ。正直、ジェストはあまり貴族に向いていないし、家を出た方がきっと幸せになれる。血筋に縛られる必要なんてどこにも無い。

しかしそれでも、自分が守るべきもののため、コイツは歯を食い縛って生きていこうというのだろう。

「まあ……気負うほどのことじゃない。お前は器用だから、いずれ出来るようになるんじゃないか。或いは、うちに来た時に、ミル姉に聞くことだって出来るしな」

本人にも今まで積み上げてきたものがある。その矜持は尊重すべきものだ。

ジェストを少しでも楽にしてやるためには、どうすれば良いだろうか。

少し本腰を入れて、考えるべきなのかもしれない。

厄介事の気配

嘲られたまま、事を済まそうとは思わない。

しかし手を出そうと言うのなら、まずは切っ掛けが必要だ。フェリスは貴族としての身分を維持しているため、考え無しに手を出すことが許されない。

効果的な方法を探して頭を捻っていると、部屋の扉が控えめに叩かれた。

「……アヴェイラ様、今よろしいでしょうか」

「ええ、入りなさい」

フェリスの動向を探らせていた、リトラが戻って来たようだ。お待ちかねの相手に、思わず唇が綻んでしまう。すぐさま報告を求めると、彼はその場に跪いて説明を始めた。

ここ数日の動向を整理する。

まず、フェリスが何故従者の真似事をしているのかは、割と単純な理由だった。中央に運ばれた正体不明の魔獣を狩ったのは、フェリスとビックス様だったらしい。父上が出頭を求めた件で、必要に応じて話を補うために同行したようだ。

あの男は口が回るし、ジェストとも付き合いがある。ビックス様がたまたま丁度良い人間を捕まえた、といったところだろう。クロゥレンとの交流を始めてから日も浅いようだし、敢えて伯爵家をつつく必要は無さそうだ。

そして、侯爵領に入ってからのフェリスの行動は、極めて限られていた。初日は真っ直ぐ我が家へ向かい、結局は父上とまともに会談をせずに終わっている。私も顔は合わせたし、この日の行動は概ね把握している。

隊長とどういった遣り取りをしたのか、その点が不明であることだけが口惜しい。とはいえ、隊長はあまり男女間の交友を楽しむ人ではないし、フェリスに男としての魅力を感じるかと言われれば、それは否だ。追及しても何も出て来ない気がする。

「……ふうん、まだ来たばかりだし、こんなものかしら？　二日目は？」

嵌めるにしても、材料に欠ける。何かしらの行動が無ければ、仕掛けようにも仕掛けられない。

もう少し何か無いか、リトラに先を促す。

「二日目は……組合に顔を出し、領地へと便りを送ったようです。それと詳細は不明なのですが、侯爵領に住む研磨職人と面会しておりますな。何らかの品と引き換えに、彼から売り上げの大半を受け取ったとのことです」

「研磨職人ねえ。誰かは解っているの？」

「サーム・ハーシェルという男です。仕事ぶりは至って真面目、階位は第六。中堅を抜けたくらいの腕前ですな」

多少仕事が出来る凡夫、といったところか。自分の工房があるのなら、恐らく平均よりは稼いでいるとして。

……金の流れが引っかかる。

「フェリスの業務内容は掴んでる？」

「認定は複数受けておりますが、魔核職人としての活動が主です」

「ふうん……」

職人同士が交流を持つことは不自然ではない。専門外の仕事であれば、誰かに任せることだって有り得る話だ。

とはいえ成人したばかりで、ようやくまともに活動を始めたような男が、中堅職人の稼ぎの大半を攫う？　それだけの物を提供出来るのか？　聞いている分にはかなり不自然だ。

「彼らの繋がりについては？」

「申し訳ございません、調査中です」

確証は無い、しかし好機と言えば好機。

フェリスには、不正行為により他者から大金をせしめた疑いがある。その疑いが晴れるまで、侯爵領内で職人として活動することは許されない、なんて。

名目としてはおかしくない筈。口元を手で覆い、算段を考える。

「すぐにでも、二人の関係性を洗い出して。あと、フェリスと工房の間で何らかの契約があるようなら、多少強引でも介入してきなさい」

「ははあ……なるほど。被害を広げる訳にもいきませんからなあ」

リトラはうっすらと笑みを浮かべる。この男は察しが良い。

まずは軽く一手。現状はこれで充分としよう。

フェリスも多少は焦《じ》れるだろうか。でもまだまだ。私の気は、これくらいでは済まない。

◇

そろそろ丁度良い時間だろうか。サームさんの店を前に、唾液を飲み込む。自分で望んだことではあるが、先達に教えを乞うというのはやはり緊張がある。

「ごめんください」

入り口から覗いた限りでは誰もいない。奥で作業中だろうか？

中に入ると、棚に陳列された包丁や短刀が目に入る。ここは鍛冶屋ではないが、日用品であれば刃物の取り扱いもあるらしい。並んでいる物を確認した限り、正直、突出したものは感じない。ただ、どれも一定以上の水準を保っており、駄作は一つとして存在しないようだ。

佳品といったところか。

一本を手に取り、刃の角度を眺める。普段使いならば上等過ぎる出来栄えだ。武具を主としていたアキムさんとは、得意分野が違うのかもしれない。

まあ、自分の傑作を表には出さない人もいるし、サームさんの腕を判断するには情報が不足している。それに、伯爵家の発注に応えられるかどうかは、俺が決めることではない。

どうも最近、他家のことに関わり過ぎている。そろそろ、ある程度の線引きが必要だろう。

貴族として生きるつもりは無いのに、巡り合わせというのか、他人様のことに首を突っ込んでしまう。為すべきことはそこではないのだ。ジェストの件はどうにかするとして、それが済んだら暫く貴族とは距離を置こう。

……しかし、誰も来ないな。

「ごめんくださーい！」

奥に向かってもう一度呼びかける。耳を澄ますと、微かに足音が聞こえてきた。足取りに重さが無い——奥さんだろうか。

果たして、出て来たのは妙齢の女性だった。整った顔立ちではあるものの、表情に隠しきれない疲れが見える。

「すみません、本日サームさんと約束をしておりました、フェリス・クロゥレンと申します」

特に普段と変わらない、当たり前の挨拶をしたつもりだった。しかし、奥さんと思われる女性は、酷く不快げに顔を歪めた。

一瞬で脳が理解する。これはまた、何かロクでもないことが起きる流れか。

内心で舌打ちをしつつ、笑顔を崩さないよう心掛ける。

「ああ……お義父様の仕事を受けた方ですか」

彼女は俺を頭から爪先まで見下ろして、わざとらしく溜息をついた。接客としては下の下。武闘派の貴族なら武器を抜いている頃だ。何故最近こんなのばかりなのだろう。

別に俺は、民間人を無礼討ちにするため職人になった訳ではない筈なのだが。

内心を押し隠していると、彼女は眉を跳ね上げ、忌々しさを隠そうともせずに問うてくる。

「ふうん……まだ子供じゃない。ねえ、うちの人から幾らもらったの？」

あまりの発言で、思考に隙間が生まれる。

……ふむ。処断するか？

いや、まだ早いか。

アヴェイラの相手が続いたからか、思考が短絡的になっている気がする。一度思考を切り替えなければ。

「失礼ですが、どなたですか？」

「サームの妻よ、そんなことも察せないの？　君、質問に答えなさい。うちから幾ら取ったの？」

おお、質問が微妙に変わった。あまりの展開に、逆に面白くなってくる。

この女、とんでもない危険物だ。

度外れた態度に、思わず笑ってしまいそうになる。取り敢えず、俺の回答は一つだ。

「そちらについては、妻であるならサームさんからお聞きください。部外者に契約内容を話す理由がありません」

名乗りもしない無礼者に対して、些《いささ》か丁寧過ぎるだろうか？　いや、彼女はさておき、サームさんに対してはまだ希望を捨てきれない。相手に合わせて、こちらまで堕ちる必要は無いだろう。

まさかアヴェイラが手を回して、偽物を用意した訳じゃないよな？

少し不安が過ぎる。まあ十中八九、彼女がサームさんの妻だろうとは思うが……ただそれでも、組合を通して交わした正規の契約なのだから、第三者に何を翻せるものでもない。

何故サームさんは、この人との関係を続けているのだろうか。疑問を抱きつつも、相手の反応を窺う。

俺の言葉に、相手は歯を剝き出しにして喚いた。

「部外者とはどういうことよ！　私はサームの妻なんだから、家計のことを知る必要があるのよ！」

「いや、ですから、それはサームさんから聞いてください。そうでなければ組合を通して、契約の内容を照会してください。家庭内の問題は、こちらには関係ありません。私はサームさんとの契約を履行しに来ているのですから、取次をお願いします」

多分通じないとは知りつつも、我ながら恐るべき理性を発揮して、淡々と正論を述べた。

案の定、彼女の眦が吊り上がって、こちらに噛みついてくる。

「駄目よ！　あの人は今いないし、君みたいな詐欺師には会わせないわ。今なら黙っててあげるから、素直に金額を白状して、全部返しなさい！　そうでないなら、侯爵家に訴え出ます！」

「んぐふっ」

我慢し続けていたものが抑えきれなくて、噴き出してしまう。いかん、腹を抱えて笑いそうだ。

口元を隠して笑みを噛み殺す俺をどう捉えたのか、彼女は何故か勝ち誇ったように笑う。

「貴方だってバレたら都合が悪いんでしょう？　いいから私に従いなさい」

何も都合が悪いことなど無い。侯爵家に訴え出た時点で、貴族への無礼を理由に彼女が処断されるだけだ。下手をすればサームさんも終わりだが、そこはまあ俺の説明次第でどうにかなる範疇だろう。

痙攣になりそうな笑いの波を乗り越え、俺は目尻に浮かんだ涙を拭い、ようやく吐き出す。

「いや、こちらの答えは変わりませんよ。貴女に金額はお話し出来ませんし、まして返す理由もありません。サームさんへの取次が出来ないということであれば、組合を通して契約を履行してもらうだけです」

こうなるとは思わなかったので、契約書を交わしていなかったことが悔やまれる。場合によっては、フィッツさんに第三者として証明をしてもらう必要があるな。

組合を通すことでサームさんの立場は悪くなってしまうが、この場合は致し方あるまい。ある程度の強制力が無ければ、話が進まないと判断した。

勿論、この人が本当に侯爵家に訴え出るのなら、それはそれで構わない。その場合、俺はサームさんの助命を願うだけだ。

暫く俺達は睨み合ったが、最終的には彼女が叫びを上げることでそれも終結した。

「帰って、帰りなさい！　本当に訴えるからね！」

「どうぞ」

他に言うべきことは無い。

俺は背を向けて素直に店を辞す。物でも投げつけられるかと思いきや、それは無かった。

いやはや……現金が無いという話は聞いてはいたものの、貧すれば鈍するという奴か、それとも彼女の本質的なものか。

思わぬ展開で変に感情が昂《たかぶ》ってしまったが、ある程度手を回さないと伯爵家に迷惑がかかるな。ジェストだけでなく、ハーシェル家についてもどうにかしなければならないらしい。

「はあ、何だろうなこれは」

やることが多すぎる。流石に気が重くなってきた。

晒し者

侯爵領最終日。

フェリス殿に教わった地術の訓練が実を結んだのか、少しだけ魔術強度が伸びていた。それを報告すると彼は当たり前の顔で、やれば成長するものですよと目を細めた。恐らく、自分でもそうやって研鑽を積み重ねてきたのだろう。

本当に世話になった。彼には感謝しか無い。

私が頭を下げると、フェリス殿は苦みを滲ませながら口を開いた。

「お礼を言って下さるのは嬉しいのですが、ちょっと迷惑をかけるかもしれません。……サーム・ハーシェル殿のことで、ご相談があります」

「おや、もう接触したのですか。何かありましたか？」

「ええまあ……私も戸惑っておりまして」

聞けば、サーム殿はフェリス殿の包丁に一定の価値を認めたものの、資金繰りに難があり、全額を一括で払うことが叶わなかった。そこで、研磨技術を教えることにより、支払いの一部を相殺することになったそうだ。ここまでは、双方納得の上ならそれで良い。ところが、約束の日にサーム殿の工房を訪れたところ、妻を名乗る女性から詐欺師扱いされた挙句、追い払われてしまったと言う。

「悩むことはありますまい。処断すべき案件かと思いますが」

私もアキム殿の一件で学んだ。生かしておいた方が害になる人間はいる。話を聞く限り、その女性はそういう手合いだ。

私の返答に、フェリス殿は困ったように曖昧な笑みを浮かべた。

「勿論それは考えました。とはいえ、サームさんの状況が解らないのですよ。既に現金はいただいているので、三万だけ値切る意味はほぼありません。まあ人に教える手間は省けますが……組合を挟んで交わした契約を破る利点も無い。だから、彼が主導でやっている訳ではないとは思うのです。ただ如何せん、本人の安否も意思も確認出来ていないので、何処まで手を下すべきか迷っておりまして」

可能であれば、サーム殿を伯爵家の職人として起用したい。ただ場合によっては、その女性を処断するだけでは話が収まらず、両方を切り捨てることになるかもしれない。

フェリス殿はそんなことを話してくれた。なるほど、こちらのことを尊重してくれるのはありがたいが――

「いや、伯爵家のことは考慮せずとも構いませんよ。確かに腕の良い職人を捕まえたいのは事実ですが、要らぬ騒動を起こす人間は、こちらとしても避けたいところですからね。フェリス殿がどういう選択をしようとも、うちはその段階で適切と思われる対応を取るだけですし、必要なら手をお貸しします。気兼ねせずに動いてください」

むしろ、伯爵家はフェリス殿に対して何も返せていない。職人が一人手に入らずとも、受けた恩義に比べれば些細なことだ。事が起きれば、私はよく知らない職人よりも、友誼のあるフェリス殿を選ぶだろう。アキム殿とバスチャー殿には悪いが、根拠も無しに人を犯罪者呼ばわりするような者は、我が領には不要だ。

フェリス殿は一瞬俯いて、それから苦笑を見せた。

「きっと、何も得はしませんよ」

「貴方との付き合いが残せますよ」

「過分な評価ですね」

まさか、過小なくらいだ。

私は笑みを浮かべ、手を差し伸べる。フェリス殿もそれに応じ、握手を交わした。そろそろ時間だ。

「またいずれお会いしましょう。旬の物を用意して、お待ちしています」

「楽しみにさせていただきます。その頃には、ビックス様も伯爵位に就いているかもしれませんね」

「ははは、なる前でもなった後でも、いつでもお越しください」

この年若い友人が、大きく成長してくれることを祈る。

私も、それに見合うようにならなければなるまい。そんなことを考えた。

◇

懸念事項であった伯爵家への根回しは済んだ。後は、組合と侯爵家に話を通す必要がある。組合を通して話し合いが済めば、侯爵家の出番は無い。ただ、あの女性が無駄に騒ぎを起こして、ジェストに迷惑をかけることは有り得る。今後の展開がどう転ぶか読めないものの、連絡は済ませておくべきだろう。

俺は事の経緯を書き記した文を門兵に託し、そのまま組合へと足を向けた。あの時近くで話を聞いていたフィッツさんに、契約内容を証言してもらわなければならない。

アキムさんの身内だから、組合員が会話を聞いていたから――そんな理由で契約書を交わさなかったことは、明確にこちらの油断だった。技術供与を金銭の代償とする特殊な遣り取りをしたのだから、それは形として残しておくべきだった。

今後の展開を考える。

最良は、奥さんが妄執から解き放たれ、恙《つつが》なく契約が履行されること。望み薄だとは思うものの、そもそも俺は研ぎを教えてくれるのなら、金は要らないという立場だ。二十万を戻すことで円満に済むのであれば、惜しい金ではない。

ただ、あの奥さんが返金で満足するかと言われれば、それもまた解らない。俺が目的を果たすために金を手放したとしても、詐欺行為を誤魔化すための返金だと騒がれる可能性は充分にある。そうなれば、口止め料を追加で寄越せと言い始めるだろう。元々俺が下手に出る理由も無いのだが、その流れを考慮すると、返金もまた危険性が高い。

貴族であることを証明して、あの奥さんを強制的に黙らせるべきか？　いや、最終的に悩ましい。

当人の性根が変わらなければ、伯爵領に不穏分子を送り込むだけだな。

あの女性がどうなろうと知ったことではないが、アキムさんには心安らかでいてほしい。

頭を掻き毟りながら、面倒なことになったと内心で嘆く。そうこうしているうちに、組合に着いた。中に入ると、前回皿を売った事務員が同じ席にいてくれた。

「お仕事中すみません」

組合員証を提示し、呼びかける。俺のことを覚えていたらしく、彼は顔を上げると笑みを浮かべた。

「ああ、その節はどうも。交換便ですか？」

「いえ、フィッツ女史に取次をお願いしたいのですが、お手隙ですかね？」

彼は立ち上がって周囲を見渡し、やがて目当ての人がいないことに気付いたか、断りを入れて離席した。そのまま待っていると、奥の方から小走りでフィッツさんがやって来る。慌てていたのか、少し息が上がっている。

促されるままに壁際の席に座り、彼女と向かい合った。話の展開が読めているので、多少気が重くなってくる。

「お呼び立てして申し訳ございません」

「いえいえ、滅相もございません。本日はどのようなご用件ですか？」

「……折り入って、お願いがありまして」

勧められた茶で唇を湿らせながら、サームさんの工房であったことを説明する。すると、見る見る間に彼女の顔が歪んでいくのが解った。厄介事に巻き込んで申し訳ない。

「……状況は理解しました。それで、私は何をすれば？」

「お願いしたいのは、私とサームさんとの間で交わした契約について証言していただくことと、彼の呼び出しです。因みに、契約内容については覚えておられますか？」

フィッツさんは顎先に指を当て、慎重に口を開く。

「私は近くにいただけなので、何となくしか覚えていません。具体的な金額は解りませんが、技術を教えることで対価の一部を補った、というくらいでしょうか」

「それさえ押さえられていれば構いません。信じていただけるかは解りませんが、契約は二十三万のうち二十万を現金で、残りを講師代とする形でした」

「なるほど……。金額については把握していませんでしたので、証言は出来ません。ただ、そう法外な額ではありませんし、詐欺と言うには弱いと思います。それに、金額の如何に関わらず、技術を教えなかったのであれば契約不履行に当たりますので、呼び出しは可能です」

うん、至極真っ当な対応だ。契約不履行の確認をしてくれるだけで、話はだいぶ有利になる。俺が相手を騙している訳ではない、という部分はある程度証明出来るのではないだろうか。

問題は概ね筋が通ったと見て良い。まだ何か抜けはあるか？

脳の奥底で直感が訴えかけている。

確認すべきこと。計りかねていること。こういった事例において考えるべき、根本的な何か——ああ。

敵が誰になるのか、ある程度絞らないと。

妻は黒。サームさんは白にしたい、と俺が期待しているだけの灰色だ。誰を何処まで信じるべきだ?

「フィッツさん、今更な話になるのですが……彼等はどういう人柄なんです? 少なくとも、サームさんは話をした限りでは真面目な印象でした。こういう真似を許す人には見えなかったんです」

傾向と対策。俺は彼らのことをよく知らない。人間性を把握していれば、取れる手段も増えるだろう。フィッツさんはここの組合員として、彼等との遣り取りを何度も経験している筈だ。

なるべく客観的かつ公平に、言質を取られないよう考慮しているのか、フィッツさんは気難しげに眉根を寄せる。

「仰る通り、真面目な方ですよ。それに、自分を弁えていると言いますか、無理をするような性格ではありません。納期は守りますし、品質も担保されています。お客様からの評判も上々です」

なるほど、仕事ぶりは良い訳だ。

これまで堅実にやって来たのであれば、今になって無茶をする理由がますます無い気はする。

「因みに階位は？」

「第六ですね」

上級一歩手前なら、稼ぎも悪くはあるまい。夫婦、或いは子供がいても、食べていく分には充分な稼ぎがある筈だ。

「ふむ……では、奥様はどうでしょう？」

「奥様は……まあ組合員ではないので、私も何度か話をしたことがあるというくらいです。個人的には、その……あまり他人様の話を聞く方ではない、という印象でしょうか」

それは俺も同じ印象を抱いた。人様の趣味にケチをつけても仕方が無いが、サームさんはどうしてあの人を選んだのだろうか？

やはり、あの奥さんがこの事態の原因としか思えない。

ひとまずサームさんと改めて面会をして、状況を整理しなければならないが――

「フェリス・クロゥレンか？」

不意に、背後から話しかけられた。この地で俺の名前を知っている人間は限られている。一体誰かと向き直れば、見知らぬ男が剣に手を掛けた格好で、そこに立っていた。組合の中で、武装した男が臨戦態勢で立ち尽くしているという状況に、周囲が騒然とし始める。

要らぬ騒ぎが起き始めていることに、思わず顔を顰めた。内心の嘆きを押し隠して、ゆっくりと深呼吸をする。

「……貴方は誰なのかな？」

「ウェイン・レイドルク様がお呼びだ、速やかについて来い」

ああクソ。どいつもこいつも、人の話を聞きやしない。

「……もう一度聞くぞ。お前は、どこの、誰だ？」

噛んで含めるように問いかける。今俺はどんな表情になっているのだろう。

「質問は認められない。抵抗せずについて来いと言っている！」

よく解った。二度と答えは求めまい。

大声を出せば、こちらが従うとでも思ったのか？　知らず唇が吊り上がり、気分が昂ってきたことが自分でもよく解る。

面白くなってきやがった。

お前がそういう態度を取るなら、俺は周囲を利用する。

「皆様、不審者が組合内で暴力行為に及ぼうとしております！　離れてください！　フィッツさんも早く！」

立ち上がって声を張る。どうせ注目を浴びているのだ、騒ぎが大きくなったところで、どうということもない。

相手が何者かは知らないが、ウェイン・レイドルクの名を挙げる以上は司法関係者だろう。あの奥さんが本当にレイドルクに訴え出て、侯爵家が事実確認に乗り出した、といったところか。

ただ、それもあくまで推察であって、所属も名前も明かさない相手に従う理由は無い。俺の前にいるのは、人を無理やり連れて行こうとする誘拐犯だ。貴族家に従属する者であれば、身分証の一つも持っている筈なのだから、それを示さない方が悪い。

武器をちらつかせて強硬策に出たのは、彼にとって最大の失策と言える。場所が場所だ、複数の人間が、事の一部始終を目撃してしまった。彼が何者か知っている人もいるのだろうが、俺が察してやることではないし、このやり方では反感を買う。

俺は不審者に対して、毅然とした態度を取るだけだ。

家紋の入った短剣を周囲に見えるよう掲げ、それから切っ先を真っ直ぐに相手へ向けた。

段取りを誤った己を恨め。他者、それも貴族を罪人のように扱い、衆目に晒した意味を知れ。

「何者か知らんが、レイドルク侯爵家の名を利用しようという行為、並びに武器による民間人への威嚇行為を見過ごす訳にはいかない」

侯爵家に恨みは無いが、下の躾がなっていないのはそちらの不手際だ。

ようやく自分の行為の意味に気付いたのか、相手の顔色が変わる。柄にかけたままの手が、焦りで硬直しているのが見て取れた。

馬鹿が。

状況を改善するのは簡単だ。すぐに武器から手を離し、改めて身分を証明し、俺と周りに謝罪をする。それから状況を説明して同行を求める。何も難しいことは無い。ただ、今まで間違ったやり方を続けてきたから、当たり前に取るべき行動が解らないのだ。

ここまで時間を与えたのに、彼は武器から手を離すどころか、柄を握って力を込めた。

俺は溜息とともに踏み込み、相手の喉を短剣の鞘で打つ。

「クッ、カッ」

全く反応出来ず、彼は首を掻き毟るようにして膝を折る。反撃を封じるため、両手首と膝に追加で針を打ち込み、行動不能にした。一本一本が細いため、出血は殆《ほとん》ど無い。簡単に死なれては困る。

「フィッツさん、大変申し訳ございませんが、侯爵家へご同行願えますか？」

「……は、はい」

可哀想に、フィッツさんは腰を抜かして床にへたり込んでいた。俺は彼女に手を差し伸べ、その身を引き起こす。

「では、よろしくお願いいたします」

そうして、不審者の襟首を掴み、引き摺ったまま歩き出す。フィッツさんはよろけながらも、懸命に俺の後ろをついてきた。

苛々が止まらなくなり、攻撃的な自分が内側から顔を覗かせる。

そちらがそのつもりなら、構わない。

良いだろう。どんな言い訳をするつもりか、聞いてやろうじゃないか。

逆巻く感情

血の気が引く、という感覚はこうも悍《おぞ》ましいものか。頭の天辺から足の指先まで、重く冷たいものが静かに広がっていく。耳の奥で、砂の流れるような音がした。

現実を否定したくて、私は妻へと再度問い直す。

「今日の昼、フェリス君は工房に来たんだな？」

「何度も言わせないで頂戴。あの失礼な子供だったら、追い返しました」

「そう、か……」

両手で顔を覆う。胃液を戻しそうになって、喉を締める。涙は出なかった。

何と馬鹿なことをしてくれたのか。幾ら彼が温厚だとしても、ここまでされて黙っている貴族はいない。むしろ、その場で妻が殺されなかっただけ奇跡のようなものだ。

それを幸いと言って良いのかは、私には解らない。

「何故そんな真似を？」

「何故って、解らないのですか？　貴方があんな大金を、怪しい子供に与えるからでしょう！　事実、貴方が外出した後、侯爵家の使いも来ています。貴方がした取引に不審な点があるため、事を進めないで欲しいと。やっぱりそうだって思いましたよ、侯爵家の方には、貴方が詐欺に遭ったと報告も済ませましたからね！」

やってやった、と言わんばかりに妻は胸を張る。

聞けば聞くほど、眩暈は酷くなる。彼女の歪んだ表情が、そのまま私の視界をも歪めていくような錯覚。

既に詰んでいる？　まだ可能性はあるか？

侯爵家に訴え出ておいて、実は何もありませんでした、とは言い難い。せめて和解に持ち込まなければ、大貴族を無駄に巻き込んだ咎《とが》を背負うことになる。そもそもフェリス君が詐欺行為を働いていない以上、調査されればこちらが負ける案件だ。

……いや待て、おかしい。

客観的に見て、あの契約は公権力が目をつけるほど高額な遣り取りではない。何故、あの取引が侯爵家の目を引いたのだ？　何らかの理由で、フェリス君は侯爵家に監視されていた？

だとすれば、侯爵家の意向に逆らうこともまた、致命傷になり得る。彼らは自分達の期待を裏切った者に対し、一切の容赦をしないだろう。

迂闊に事を運べば死が待っている。どちらを選ぶのか、冷静に決めなければならないのに――今の彼女にそんなことが理解出来るか？

「……幾つか、誤解を解いておくべきだな。まず、彼は詐欺師ではない」

「あんな子供が、お義父様から依頼を受けるだけの腕があるって言うんですか？　しかも、金額は二十万を超えるんですよ？」

どことなく恨みがましいものを含ませて、妻は私を睨む。現金収入が大きく減ったことを伏せようとしたのは、私の失策だった。不自然に減った入金額と、行く時は持っていなかった包丁の柄——妻の不審を煽るには充分過ぎた。

「彼の腕前はバスチャーさんも認めている。指名依頼を受けるだけの腕はあるんだよ」

「だからって、金額が大き過ぎるでしょう！　貴方は騙されているんです！」

そうではない。あれは私がつけた値段だ。彼という職人が生み出した作品に対し、可能な限り適正な値段をつけた結果だ。

だが、一度現金の出入りを伏せたという事実が、こちらを見据える血走った目が、私にそれを語らせてくれない。せめてと首を横に振るも、理解はされないのだろう。

「そもそも、お義父様が事業で失敗した分のお金を、こちらで背負う理由が無いじゃないですか。うちだってそんなに裕福ではないんですからね！」

「そうは言うが、今までうちや君の実家が苦しい時に資金援助をしてくれたのは父じゃないか。少なくともその借りは返すべきだし、それに同意したからこそ、君の実家も今回の件では援助を申し出てくれたのではないのか。……今は苦しいけれど、ここを乗り切れば伯爵領で父の仕事を引き継げるんだ」

「そりゃあ、そうでもなければ私たちは終わりですよ。ただそれと、無駄なお金を払うのは別問題でしょう？」

……今まで彼女は職人の妻として、一つの作品が生まれるまでをどう見てきたのだろうか？

泣きたいような、喚きたいような苦しさに胸を押さえる。全てを投げ出してしまいたい。歯を食い縛って自分を押し留める。

「無駄ではない。私も職人である以上、作品に対しては適正な価格で応じなければならないんだ。少なくとも上級を目指そうというのなら、そこを曲げてはならないんだよ。大体、そうやって息巻くのも良いが、フェリス君は貴族の子弟だ。今お前が生きてるのは彼の恩情によるものだぞ」

「だったら、侯爵家の方々が間違っているとでも言うんですか！　私が正しいんだってことは、すぐに証明されます！」

私の発言でようやく事の重大さに気付いたのか、妻は顔を青褪めさせて、それでも懸命に虚勢を張る。

泣きそうなまま私を見つめる相貌に目が眩む。不意に記憶が過去へと飛んだ。

結婚して五年。

かつて私が愛し、あれほどまでに求めた女は何処へ消えてしまったのだろう。目の前にいるのは、我欲に塗《まみ》れ現実が解らなくなった女だけだ。

責任の所在は何処にあるのか。

父を傷付けた男か？　あまりに短慮な妻か？　それとも、不甲斐無い私か？

解らない。解らないまま、きっと間違った道を進もうとしている。

せめてフェリス君に事情を説明し、処断される前に侯爵領を脱出出来れば……。

「今ならまだ間に合う。和解を目指すべきだ」

「いいえ。あの子供が貴族であっても……不当な権力を振るったのなら、侯爵様は相応の裁きを下される筈です」

震える拳を隠しもせず言い放った言葉。

相応の、か。

事実はどうあれ、フェリス君を罪人にしてしまえば、咎められることは無いと。

「それが君の答えなのだな」

もうどうしようもない。彼女をこうした責任は、私にある。

それが愛した女の末路と言うのなら――道行きには、共に歩む者が必要だろう。

◇

「クロゥレンの次男に詐欺の嫌疑？」

一仕事終えて一服をつけている手を止めるには、充分な発言だった。アヴェイラは何処か面白そうな顔で、俺に語り掛ける。

「そうなのです、お兄様。今日、セレン・ハーシェルという者が我が家に現れまして。あまりに騒ぎ立てるものですから、已む無く話を聞いたところ、夫であるサーム・ハーシェルがフェリス・クロゥレンという者に不当な契約を結ばされたと訴えたのです」

ふむ？

まあ貴族が立場を利用して、平民から小銭を稼ぐことはよくある話だ。大体の場合は身分差の前に平民が泣くか、処断という名目で消されてしまうものだが……生きて被害を訴えるとは珍しい。

平民を甘く見たのだろうかと、干菓子を摘まみながら考える。訴えがあり、双方が生存している以上は調査をしなければなるまい。とはいえ身分のある者に対し、強引な手段を取る訳にはいかない……時間がかかりそうだな。

仕方が無い、これも仕事だ。

クロゥレン家側がこちらに利するものを提示出来なければ、粛々と事を進めて終わらせよう。

「被害額は解っているのか？」

「約二十万と聞いております」

詐欺にしては少額だ。

初犯だからまだ手口が大胆なものではないのか？　それとも単に出来心か？　或いは……そんな額に飛びつくほど窮しているのか。

どうあれ、その額ではどう頑張っても微罪にしかならんな。単なる骨折りになりそうで、溜息が出る。

「お前とジェストはクロゥレンの次男とは同期だったな。あそこは経営が苦しいのか？」

「さて……あそこは先代が商人で、一代にて身を興したということですから、そこまで貧しい訳ではないと思いますけれど」

記憶に誤りは無いようだ。辺境の子爵家とはいえ、平民の懐に手をかけるようになったのなら、噂が流れるのは早い筈だ。俺もクロゥレン家もあまり社交には出ていないが、貴族家の解りやすい醜聞となれば、聞きたくなくとも耳には入る。

となれば家は無関係の、単独犯……いや待て、あの家の次男と言えば。

「フェリス・クロゥレンは家を出ているのだったか？」

「そのようですね」

そうだそうだ。次男は出来損ないだの凡夫だの言われている男だった筈だ。ということは、批判から遠ざかったまでは良かったが、その後生計を立てられなかったのだろう。窮した挙句に小銭に手を出したものの、口封じをするだけの度胸も無かった所為で、逆に訴えられたといったところか。

さてそうなると、どういう展開が我が家にとっては望ましいのか。

張り付いた前髪をかき上げ、舌で唇を湿らせる。

「取り敢えず、クロゥレン家には使いを出すか。どう転ぶにせよ、貴族の子弟を勝手に司法の場へ引きずり出すと後が煩い。……クロゥレン家は次男を切り捨てるかね？」

執着があるのなら、持ち掛けられる取引もある。特に当主のミルカ・クロゥレンは武勇に秀で、その容姿も美しいと国内で評判の女性だ。巧く事が進んで、それを手折ることが出来るのならそれも一興だろう。

アヴェイラは少し思案気に宙を見つめると、困ったように返す。

「反目し合っている訳ではないようですから、可能な限り救おうとするのではないかと。ただ、フェリスがどう動くかは解りません。ジェストと仲が良い所為か、侯爵家を侮っている節がありますので」

「別に侮られようとそこはどうでも良い、今回の場合は本人が困るだけだ。そうなると……訴えに来たハーシェル夫妻と、フェリス・クロゥレンの身柄をすぐに確保する必要があるな。状況が確定する前にフェリス・クロゥレンが彼らを殺してしまうと、調査の意味が無くなる」

貴族は無礼があったのなら平民を処断しても構わない。ただそれとは別に、裁きの場において貴族側に咎があると判明したのなら、法に則った罰を受けなければならない。貴族の持つ権力は強大ではあれ絶対的なものではなく、ともすれば野放図になる彼らを、法のみが戒める。

平民が貴族に打ち勝つ条件は、相手が法を犯していて、かつ自分の命があること。そして、法を味方に出来た時だけだ。全てが揃うことは滅多に無い。

状況が解っているのか、アヴェイラは強い眼差しでこちらを見据える。

「フェリスの所には私に行かせてくださいませんか？　大した男ではありませんが、一応貴族に名を連ねる者ですし、多少の強度はある筈です。練度の低い人間を向かわせることは危険でしょう」

まあ、領地間を行き来する程度の腕はあるからこそ、家を出たのではあろう。そういう意味では、アヴェイラの懸念は理解出来る。しかし、今回はそれを認める訳にもいかない。

「……いや、今回はハーシェル家に向かってくれ。彼を押さえることよりも、ハーシェル家を守ることの方が難しい。護衛は腕のある人間にしか任せられんし、お前が適任だろう。それに、貴族の子弟に手を出すなら、それなりの段取りが必要だからな」

アヴェイラをぶつけて拗れた場合、それは貴族間の諍いに繋がってしまう。問題を大きくして、無駄な傷を負う必要は無い。

妹が露骨に不満そうな表情を見せることに、俺は苦笑する。近衛への道が決まったというのに、こうした稚気が未だに収まっていない。これがアヴェイラの急所となるとしても、その頃に彼女は領地にいないだろう。

諫めたところで理解はされないし、利点は無いということだ。代わりに俺は、からかい半分で問いかける。

「大した男でないのなら、そうも拘る必要は無い。そうじゃないか？」

唇を尖らせるも、彼女からの答えは無かった。執着の根がどこにあるのかは知らないし興味も無いにせよ、アヴェイラに目をつけられた彼も気の毒なものだ。

どうせなら、せめて美味しくいただかれてくれと、俺は内心でせせら笑った。

法を司る

ハーシェル夫妻の無事を確認した私は、二人を屋敷へと招き入れることとした。ある程度の人目があれば、フェリスも好き勝手な動きは出来なくなる。

そう思って扉を押し開いた先で私達を出迎えたのは、四肢を封じられて転がるリトラの姿だった。その横には見知らぬ女性と、不機嫌な表情のフェリスが立ち尽くしている。

予想外の展開に足を止めていると、フェリスの静かな双眸が私を捉えた。

「ああ、アヴェイラか、丁度良い。職人組合で不審者が民間人を威嚇してたんで、確保した。見ての通り拘束はしてあるから、処遇は好きにしてくれ」

組合にはウェイン兄様が配下の者をやると言っていた。ということは、リトラがそうだったのだろう。

……やはり、私がフェリスを押さえるべきだった。侯爵家配下の人間を傷付け、それをこちらで罰しろなどと、真っ当な精神の人間が口にするものではない。

剣の柄に指を這わせ、抜き放てるようにした瞬間、フェリスは恐ろしく平坦な目でこちらを見つめる。

「なあ、ちょっと想像してみてくれ。お前が友人なり知人なりと会話を楽しんでいたとして、いきなり後ろから知らん奴が『アヴェイラ・レイドルクか？』って話しかけてくるんだ」

質問の意図が読み切れず、手の力を抜く。私は視線だけで先を促す。

「で、振り向いたら、武器に手をかけた奴が立ってるんだ。お前はどうする？」

「まあ……礼儀として、一応は誰何《すいか》するかしら。答えが無いなら、場合によっては切り捨てるでしょうね」

決まりきった、当たり前の答えだ。だが、決定的に間違った返答をしたと直感は訴える。

「そうだよなあ。……で、聞きたいんだが、これは侯爵家の人間か？」

フェリスは爪先でリトラの首を曲げ、こちらに顔を向かせる。リトラは苦し気に歯噛みしたまま、目だけで救いを求めた。思っていたよりは傷を負っていない。

リトラは侯爵家が抱える私兵の中では、腕利きと言って良い男だ。守備隊と戦わせても、上位に食い込める力量があるだろう。

自分であればと想像する。構えた状態のリトラを、準備出来ていない状態から無力化する——まともなやり方では無理だ。

フェリスは奇襲の成功率を上げるような異能を持っている？

警戒心が高まり、手に力が戻って来る。息を浅く吸い込み、相手に対応出来るよう体を前に傾ける。

「ふむ、答えてはもらえないのかな？」

フェリスの唇が歪む。

明らかに馬鹿にした態度に、苛立ちが募る。私が手出し出来ないとでも思っているのか？

下級貴族が上位貴族に対して礼を失した場合、多少の躾は許される。今回はそれを適用させられるだろう。跪くような姿勢のまま両手に双剣を握り、歯を食い縛る。

間合いを詰めるべく、足に風を込めた。

「待て、アヴェイラ。……フェリス・クロゥレン殿、先程の質問に答えよう。そこに転がっている男は、確かに俺が使いに出した者だ」

二階の廊下から声が響く。ゆったりとした足取りで、優雅に近づいてくるのは、ウェイン兄様だった。

声に反応して顔を上げたフェリスと、ウェイン兄様の視線が絡む。

「ウェイン・レイドルク様ですか？」

「如何にも」

「初めまして、フェリス・クロゥレンです」

場違いなほど爽やかな笑顔とお辞儀で、フェリスが挨拶を述べる。ウェイン兄様は一度目を閉じ、唇を曲げて応じる。

「ああ、初めまして。初対面はもう少し和やかなものであって欲しかったが……話を聞いていた限りでは、部下が失礼をしたようだな」

不快げに鼻を鳴らして、ウェイン兄様はリトラを見下ろした。フェリスは溜息をつくと、リトラの頭から足を離す。

「ええ、残念なことですが。ただ、こちらとしては侯爵家に対して悪意がある訳ではありません」

「悪意があったとしても、今回ばかりは何も言えまいよ。全く……最低限の段取りくらいは、把握しているものだと思っていたのだがね」

嘆息し、ウェイン兄様はリトラを運び出すよう配下に指示を出した。彼がどのような処罰を受けるのかはさておき、この雰囲気で問答を続けることもない。

フェリスを仕留められなかったのは惜しいけれど、ひとまず切り替えなければならない。本番はここからだ。

王国の司法を取り仕切る者――ウェイン・レイドルク。名前は知っていたものの、本人と会うのは初めてだ。

所作は柔らかく、安定感のある低い声をしている。佇まいも落ち着いており、出来る人間とはこうあるべきと喧伝しているかのようだ。まさに高位貴族というに相応しい空気を纏っている。

◇

改めて彼の全身を眺め、俺は唾を飲む。

ジェストやアヴェイラ、或いは侯爵を見てきた所為で先入観があったのだろう。

格は感じさせる。感じさせるが――端的に言って、非常に太っている。ジェストらがなまじ美形な所為で、血の繋がりを疑うくらいに肥えて見える。なのに、不思議と醜さを感じさせない。

何だか脳を混乱させる機能が働いていた。しかし、場に呑まれてもいられない。

「一応確認させていただきますが、ウェイン様が私を呼んでいたこと自体は本当のことで良いんですね？」

「ああ、そこは疑わなくて良い。用件は、この場に集まった顔ぶれで解るだろう？」

「まあ一応は」

本来、こうして集まらなければならないような事実は無い。ただ経緯はどうあれ、侯爵家が動く事態になってしまった以上、粛々と事を進めていかなければならないだろう。

思わず溜息が出た。

ウェイン様はこちらの反応を窺うべく、顔を覗き込みながら口を開く。

「取り敢えず、セレン・ハーシェルからの訴えがあったため、君達の間で交わされた契約を精査することとなった。法律的な観点から適切な判断を下せるよう、双方、事実を誤魔化すことなく話をしてもらいたい。フェリス殿については色々と思う所があるかもしれないが、貴族であることを理由とした拒否は出来ない。ここまでは良いか？」

「ええ。質問にはお答えしますよ」

「ハーシェル家側も異存は無いな？」

「私達も質問には偽り無くお答えします」

妻とやらがこちらを睨みながら、威勢良く応じる。サームさんは顔面蒼白のまま、微かに頷いていた。

うーむ……残念ながらこちらと敵対することに決めた、ということなのだろう。しかし表情が完全に死んでいる。苦境に立ち向かおうとする人間の顔ではないな。

彼が今まで接してきた貴族がどういった者であるか、こちらは把握していない。もしかしたら、相当理不尽な目に遭った人間が身近にいたのかもしれない。だから諦めて、後は流されようと考えたのか。

……まあ全ては推察だ。

俺からすれば、折れて和解を申し出てくれた方が話は早い。それに、死ぬ覚悟で来るくらいなら、自分の妻をぶん殴ってでも止めろ、と思う。

そもそも向かって来るから叩き潰すのであって、敵対しないなら俺は関係を戻したって良い。事を穏便に済ますためには、訴えを取り下げるしかないのだ。大体にして、金に困って契約を反故にした時点で、組合員としての立場はもう無くなっている。

もうここしかない。今退けば、まだ後に残せるものがある。

ウェイン様の配下も同じだが、過ちを認めて頭を下げれば、それで済む話なのだ。

俺達の両方の様子を確認して、ウェイン様は一つ頷く。

「双方の合意が得られたので、各々の話を聞かせてもらいたい。別室を用意させるので、ハーシェル家はそちらで担当に話をしてくれ。ああ、アヴェイラも念のため一緒に話を聞いておくように」

「解りました」

配下の一人が、一礼して廊下を先行する。アヴェイラは意味ありげな目つきで俺を眺め、そして用意された部屋へと向かっていく。ハーシェル家の二人はその後ろを追って行った。

……ウェイン様は、俺から二人を守れという意味で指示を出したと思うのだが、何故護衛対象から離れるのだろう。背後からの奇襲を防げるのか？

反射的にウェイン様に向き直り、表情を取り繕わないままにアヴェイラの後姿を指差す。彼はハーシェル家側が全員部屋に入ったことを見届けてから、嘆息して首を横に振った。

「……そういう機微が通じる奴ではないのだ」

「いや、それにしても……あんなに頭の出来が残念でしたかね」

幼少期はもう少しマシだった気がする。前はもっと周囲のことを意識して動いていた。

ウェイン様は苦々しい表情で、閉まった扉を睥睨《へいげい》する。

「武人としての才は疑いようも無いのだが……それに偏重し過ぎているようでな。恥ずかしいところを見せた」

「才があるというのも考えものですな。己を省みなくなる」

二人で本筋から外れて、アヴェイラの先行きを嘆いても仕方が無い。俺達は手近な部屋へ移り、改めて向き合った。

周囲から人がいなくなると、ウェイン様は前髪をかき上げて椅子に体を預けた。だらしない体勢のまま、ぼんやりと天井を仰ぐ。

「あー、外向けの顔はちょっとお休みさせてもらう」

「どうぞ、ご自宅でしょう」

俺に断りを入れるほどのことでもない。上に立つ人間だって気を抜きたい時はある。

彼は俺にも椅子を勧めると、壁際の棚から菓子を取り出して卓に並べた。

「好きに食ってくれ。改めて、ウェイン・レイドルクだ」

「フェリス・クロゥレンです」

仕切り直して握手を交わす。しっかりと握り、離そうとしたところ、そのまま腕を掴まれる。手を引き抜こうとして、相手の瞳が僅かに焦点を失っていることに気付いた。

瞬間的に『健康』に魔力を回すも、俺の体に違和感は無い。そして、相手も意識ははっきりしているらしい。

何らかの異能を使っている？

「フェリス君、君はこの件で詐欺行為を働いたか？」

「いいえ、何も」

素直に答える。俺の手を掴んだまま、ウェイン様は返事を吟味していた。

『健康』は手応えを返さない。ならば、俺に影響は及ぼされていない。

接触が必要な異能……俺の発汗や体温の変化を読み取っている、とか？　具体的な作用までは解らないが、どうやら真偽を判定している？

もしこの読みが当たっているのなら、かなり凶悪な異能の持ち主だ。司法に携わることも頷ける。

俺は念押しの意味で、重ねて無実を訴える。

「あれは正当な契約でした。そもそも、金額を決めたのは私ではなくサーム氏です」

俺も端くれとはいえ貴族である以上、司法担当としては迂闊な結論は避けたい筈だ。だからレイドルク家でも責任ある立場の者が、異能が露呈する可能性を承知で、状況を掴みに来た。俺が実際に詐欺行為を働いているのならさておき、そうでないのならクロゥレン家と対立する理由は無い。相手が平民であれば猶更だ。

そういう状況なのだと信じて動く。

暫くウェイン様は俺の腕を掴んだままだったが、やがて満足したらしく、手を離して菓子を摘まんだ。

「発言中に動揺しなかったな」

「驚いてはいましたよ。いえ、戸惑っていたと言うべきですかね」

実際、考えていたことは俺の希望的観測に過ぎない。ウェイン様が情熱的な同性愛者だという可能性だってある。ただ、この接触は彼にとって何らかの意味はあった筈なのだ。だから覚悟を決めて、なるべく心が揺れないように対応した。

「それにしては落ち着いているな。ジェストやアヴェイラと同じ年齢とは思えん」

「結果がどう転ぶにせよ、まずは自分の立場を真摯に表明することから始めようと考えただけです。私が取れる手段は少ないですからね」

「ふむ。……まあその対応は好ましい、と言っておこうか。あくまで裁きは双方の状況を確認した上で決めるがね」

「ええ、しっかりと確認していただければ幸いです」

事実ではなく、状況だ。その含みは理解出来る。

彼は少しだけ唇の端を歪めた。俺は敢えて気付かないフリで、菓子を一ついただく。潰した果実を煮詰めて再度固めたらしく、尋常ではない甘味とねっとりした食感がある。

……恐らくウェイン様は、この一件でどんな利益が得られるか、そこに焦点を置いている。ハーシェル家がレイドルク家に利益を齎《もたら》す可能性は低いが、皆無ではあるまい。こちらも何か一押しすべきだろうか。

自分の手札を頭の中に並べるも、外に出られないのなら取れる手段も限られてしまう。武装解除をどう拒否しようか。

唾液で菓子を喉奥に押し込む。現実は甘くない。

思惑

いやはや、参った参った。当初の予想とは実態が大きくずれている。

フェリス君とハーシェル家を拘束し、調査を進めること二日。てっきりフェリス君が余計な色気を出して小銭を稼ぎにかかったのかと思いきや、実際はハーシェル家の妻がとち狂っているというのが真実らしい。

契約を形に残していないのはフェリス君の失態としても、彼は話をある程度理解している者を確保していた。当人らにその時の状況を聞く限り、契約を反故にしたのはハーシェル家側だ。サームとセレンの話はいまいち要領を得ないし、少なくとも組合員達の証言に反論出来ていない。

多少は利益を得られるかと思ったのに、余計な色気を出したのはこちらだったようだ。こうなればむしろクロゥレン家側に協力し、話を穏便にまとめた方が早い。

状況を把握しないまま、アヴェイラの話に乗ったのは失敗だった。前々から危ういところがあると感じていたが、道理ではなく敵愾心《てきがい》で家を巻き込むとまでは想像しなかった。

家のことだけではなく、自分のことも意識出来ていない。城で勤めることを考えれば、余計な騒ぎは起こすだけ損だろうに。

「やれやれ……」

白湯を啜り、口の中に熱を溜める。

改めて頭を捻る――期待していたような道は辿れない。ならば最低限何を求めるべきか？

この局面で金を得ようとするのは無理がある。クロゥレン家に恩を売れるだけの事件性も無い。まあ、裁きの場にはクロゥレン家の人間を呼ばなければならんし、それがミルカ殿であれば嬉しくはある。

いや、考え方がずれているな。

まず、裁きの結果は動かせない。事実関係がそう言っている。ならば動かせるのはその過程で、出来そうなことは利益の追求ではなく、不利益の排除だ。

そしてこの場合の不利益は……感情で事を進めるアヴェイラだろう。

フェリス君に対し、アイツがどういう感情を抱いているのかは知らない。ただ、普段から狭い視野がより狭まるくらい、ご執心ではあるようだ。

俺が何か手を下すまでもなく、アイツは勝手に暴走する。為すべきは、こちらに被害が出ないよう場を制御しつつ、アヴェイラを侯爵家から切り離すことか。

……手はあるな。

違法行為などが無く、通常の手続きで貴族が出家したのなら、当人の家格そのものは維持される。しかし、近衛のような王家直轄の職に就いた場合、身分差が職務を妨げる可能性があるため、辞令を受けた時点で籍を抜く届け出をする必要がある。

……手続きを早めるか？

本来は中央での式典で、任命を受けてから行う申請だ。しかし、近衛の頂点がわざわざ当家を訪れている状態で、就業出来ない可能性を考慮する必要があるだろうか？　いっそ責任者に中央宛ての書簡をお任せした方が、手間も減るのではないか？

どうせ、アヴェイラは段取りを飛ばしたところで、その真意には気付くまい。

条件は揃っている。

近衛として働くことは内定しているのだから、ここから先はレイドルク家ではなく、中央が責任を取るべきだろう。

現状は魔獣による被害も少なく、守備隊だけでも領地の武力は足りている。手元に残らない力に執着しても、未練が残るだけだ。

才ならば要る。害ならば要らぬ。

俺が選ぶ道は決まった。

◇

取り調べはあるものの、特に不自由がある訳でもなく三日が過ぎた。監視がついているとは言え、外出は出来るし行動も制限されていない。ハーシェル家にアヴェイラがついている所為で、無駄な諍いが無いのも大きいと思われる。

罪が確定していない他家の貴族に対する配慮もあってか、待遇は悪くない。ただ、俺が貴族であるがために、通常の手順で裁きは進められないようだ。まあ、当主に断りも無く他家を処断しようものなら、下手をすれば内戦になる。時間がかかることは已むを得ないだろう。

ミル姉が伯爵領を出る前だったことは、まだしも幸いだった。あれこれ文句は言われるとしても、待機時間はかなり減る。

大事になってしまったが、それでもこちらの負けは無くなった筈だ。まかり間違って侯爵家がハーシェル家側についた時は、俺とミル姉の二人を敵に回す形になる。その時点で貴族間の争いになるため、部外者であるファラ師は恐らく現場から退くだろう。元より彼女は王族以外に命令される立場ではないし、命を懸ける理由も無いからだ。

最悪の場合でも、状況は引っ繰り返せる。ひとまずはこれで盤石かな。

油断はしないにせよ、一応の区切りが見えたことに安堵する。椅子にもたれてぼんやりしていると、扉が叩かれた。監視の交代時間のようだ。

「お邪魔するよ」

「ん、ああ、お疲れ」

顔を出したのはジェストだった。次いで会釈しながら、ファラ師が入って来る。監視役は目配せ一つで静かに出て行った。

さて、意外な組み合わせである。片方ならさておき、揃って俺の様子を見に来るような面子でもない。

これは何かあったか？

「……どんな厄介事だ？」

「人の顔色を判断するんじゃないよ。それに、厄介かどうか判断に困るから、取り敢えず現状を話しに来たんだ」

いやもう二人揃って来た時点で、アヴェイラ絡みだということは嫌と言うほど解る。問題は、それが俺にどう影響するかだ。

半ばうんざりしつつ、俺は先を尋ねる。ファラ師は困惑を隠さないまま口を開く。

「うん。まずウェイン様が、アヴェイラの離籍を正式に認めた。これにより、彼女は近衛の道へ進むことになる」

ふむ……遅いか早いかだけで、それそのものは特に不自然ではないように思われる。もうすぐ近衛になるのだから、最終的にはどうしたってそうなる。

――いや待て。籍まで抜いてしまったら、俺と違って侯爵家としての地位を維持出来ない。

「近衛になるために家から独立する、というのは解ります。ただ、籍まで抜くのは一般的なんですか？」

貴族が家を離れ自活する際、生家に所属を残すなら独立、残さないなら離籍になる。新たに家を興すか、結婚でもしない限り普通はやらない手続きだ。

ファラ師は周囲の人間がどうだったか思い出しているのか、少し考えてから口を開く。

「抜くことそのものは必須だ。近衛になった時点で、家ではなく国への奉仕者になるということだからな。それに、公権力が特定の貴族に肩入れすることを防ぐ、という意味もある。むしろ珍しいのは、正式に近衛としての任命を受ける前に、事を進めた点だな」

一瞬意味が解らず、考える。

……ああ、そうか。内定している事実があっても、正規の手続きが済んでいない以上、まだ近衛の身分は得ていない。今のアイツは爵位を何も持たない、貴族のような何か、としか言えない存在になっている訳だ。平民よりはまあ上の立場になるのだろうが、如何せんその立場も裏付けが弱い。

通常であればそういった空白期間が出来ないよう、任命を受けてから離籍をするのが普通なのだろう。だが、どうやらウェイン様はアヴェイラを御しきれず、任命前に切り捨てる形を取った。

侯爵家の地位と武人としての才が、アイツの我侭《わがまま》を支えていた。その片足が無くなったと、アイツは気付いているだろうか？

ジェストからすれば、アヴェイラと距離を置けるから良いことかもしれない。ただ先が読めないという意味で、確かに判断に困る事案だ。

「……ハーシェル家の監視はどうなるんです？」

「その問題もある。あれは、あくまでレイドルク家の一員であることを理由に、アヴェイラに割り振られた仕事だった。しかし、彼女は近衛になるべく離籍してしまったため、今の仕事は本来なら範疇外になる」

「それはそうですね。でも、アヴェイラはそんな話で護衛を辞めないでしょう？」

俺の疑問に、二人は揃って頷く。

「ああ。だからウェイン兄様は、近衛になる前の箔付けとして、監視をまだ続けさせるつもりだ。外注の形だね」

何となく、話の輪郭が見えてきた。表面的には誰の仕事も変わっていないが、実態としては大きく変わる。

俺は顔を顰め、ジェストに問う。

「……これで問題が起きたら、責任の所在は誰になる？」

「そりゃあ、本人だろ？」

ジェストは当たり前の調子で答えた。俺もそうであれば良いのにと思いつつ、首を横に振る。

「普通に考えればそうだ。けど……多分、俺はファラ師になるんじゃないかと見ている。ファラ師というより、近衛兵隊か。ウェイン様がアヴェイラにどう話したかは解らないが、恐らくあの方はアヴェイラをもう国へ預けたつもりだと思うぞ」

二人の顔が驚きに染まる。場違いな感想だと解ってはいるものの、妙に仲良く見える。

ファラ師は困惑しつつ、俺に説明を求めた。

「国へ離籍の申請を済ませた訳ではないし、近衛として正規の任命を受けている訳でもないのに、近衛兵隊の責になるのか？」

「推察ですけど、可能性は高いと思います。まず、任命より先に独立や離籍の手続きを済ませるのは、例外的なことではあっても違法ではありません。それに、ファラ師が近衛としてアヴェイラを受け入れるため、今ここに来ています。手続きは済んでいなくとも、アヴェイラを近衛にするための意思表示を双方していて、お互いそれに向けて動いている訳です。となれば、離籍の手続きを簡素化したいと考えたっておかしくはないでしょう」

「確かに手続きは楽な方が良いとしても、それは単なる先走りであって、彼女はまだ正規兵ではないぞ？」

ファラ師の言っていることは正しい。ただ、話はそれで終わらない。

「そこで出て来るのがファラ師ですよ。責任者がわざわざ身元を引き受けに来たから、安心して預けたんだとウェイン様は主張するでしょう。離籍後に何か問題が起きたのなら、それはもう当家としてはどうしようもないことだったのだ、なんてね。上位貴族としてアヴェイラの教育に誤りがあったなんて、侯爵家は認めないでしょうし。……因みにファラ師が今の職に就く前後で、近衛になるために所謂爵位無し貴族になったような人はいましたか？」

「私の代ではまだいないが、先代の時には何人かいたと聞く。その時は何も問題は起きなかった」

まあそうだろうな。起きていたらもう少し状況が整備されている筈だ。

疲れを感じ、首の後ろを揉む。頭に血を巡らせるように話す。

「今回起きると決まった訳でもありませんけど……いずれにせよ、問題が起きた時は結論を司法に委ねることになりますよね。さて、では、判例を作るのは誰ですか？」

「あ」

筋道がようやく見えたのか、ファラ師が口を開けて固まる。そう、レイドルク家は国の司法を支える家柄だ。何かが起きた時、判断を下すのはウェイン様になる。俺達がいくらこう思うと主張したところで、それを覆せはしないだろう。

これは初めから決まっている勝負だ。

しかし、何が狙いなのかが解らない。

ファラ師を潰す？　近衛は派閥で言えば国に属するものであるため、何処かで敵対していてもおかしくはない。

或いはアヴェイラを、とにかく侯爵家から切り離したかった？

相手の意図が読めない。貴族政治にほぼ関わってこなかったので、判断材料に欠ける。今見えているのは、アヴェイラが何かしでかした時、侯爵家はそれを止めないということだけだ。

「今アヴェイラがやらかしそうな案件は、やっぱりハーシェル家絡みになるよな？」

「そうだろうね。あちらに肩入れした結果、事実関係を力で捻じ曲げようとしてくる、ってのが考えられるかな。そうなった時に襲われるのはフェリスだけど」

「だよなあ」

ただ逆に、アヴェイラが格上の貴族でなくなったのなら、殺しても大きな問題にはならないということだ。そして、ウェイン様はアヴェイラが死ぬという想定はしていない気がする。

いざという時は力押しでどうにかなる、ということだが……。

すっかり考え込んでしまったファラ師に、俺は向き直る。

「この局面だと、やはり以前の話の通り、ファラ師にはアヴェイラを止めてもらうのが一番だと思います。何事も起きなければ、お互いにとっても一番良い。こちらは沙汰が出るまで、なるべくアヴェイラと遭遇しないように立ち回ります」

「そうだな、私も可能な限りアヴェイラの動向には気を付ける。……全く、新人採用がこんなに拗れるとは思わなかったよ」

「いくら近衛とはいえ、組織を作るのは強さだけではないということです」

俺の言葉に、ファラ師はしみじみと頷いた。

さて。対策はひとまず決まった。

ミル姉が到着次第、判決は下される。それまでは、本気で鍛錬の必要があるな。

溜息とともに目を閉じる。腹の奥底で、静かに魔力がうねりを上げた。

守護者

職権の濫用ではあるが、監視という名目で、フェリスに張り付いて生活することにした。彼もまた、知った顔の方が気楽だということで、これを承諾した。

身内に敵がいる以上、自宅は気が休まる場所ではない。しかし、緊張感を保ったまま生きていくこともまた難しい。僕には安らげる居場所が必要だった。

さて、恩を受けたのなら、少しでも返さなければならない。

フェリスはアヴェイラからの襲撃に備え、練習相手を求めていた。接近戦は無理でも、遠距離ならば僕でも多少の心得がある。力不足ではあっても、相手がいないよりは良い
——僕が指導を求めるという形で、鍛錬に連れ出した。

足場の悪い森の中、僕たちは二人で向き合う。

「うん、じゃあやるか」

「そうだね、お願いします」

一礼し、お互い距離を取る。

僕に出された課題は動きながらの速射と、それに合わせた付与。射撃をもっと伸ばすべきとの助言に従い、只管フェリスを的に、数をこなすこととなった。

フェリスはフェリスで、魔術と体術を織り交ぜた受けを練習している。これがなかなか破れない。

「シッ！」

両肩狙いでまずは連射。それから体を相手に向けたまま、円を描くように走り出す。矢は棒であっさりと払われ、返事とばかりに飛針が宙を走った。危うく太腿を貫かれそうになりながら、懸命に速度を上げる。

「そうそう。それくらいの速さを維持出来れば、敵から狙われにくい。範囲攻撃は避けられなくても、的を絞らせないことには意味がある。まあ、射手だから解るだろ？」

頷きたいが、移動に必死で返事が出来ない。

風術で曲げた射撃を、地から突き出た石槍が貫く。そのまま砕けた石槍は、散弾となって僕に襲い掛かった。

「くっ、そ」

防御に回った所為で速度が落ちる。そして、遅れて飛んできた水弾が僕の頭を濡らした。本気なら一回死んだということだ。

フェリスは一歩も動いていない。淡々とした指導が入る。

「前も言ったけど、速さがあっても動きが単調だと先を読まれるぞ。たまに曲がってみるとか、いっそ足を止めてみたりとか、変化をつけるべきだな。あとお前は腕が良いんだから、もっと距離を取るというのも手だ」

「でも、距離があると防ぐだろ？」

「そりゃあそうなんだが……今のままだと近くても遠くてもあんまり関係無いからな。それなら戦況を維持出来ることの方が大きい」

なるほど、そういう考え方もあるか。それに、今のままではフェリスの練習にはあまりならない。

不甲斐なさが募るものの、大人しく先程よりも距離を取る。

「じゃあもう一回」

「あいよ、来い」

鏃に火と風を練り込み、今度は初手を強く。フェリスは鉈でそれを弾くも、腕を大きく跳ね飛ばされた。

「お、今のは良いね！　続けていこう！」

かなり巧くいった一撃にも拘わらず、フェリスは明るく次を求める。クロゥレン家はやはり要求水準が高いのだろう。とはいえ、ここで下を向いてもいられない。求めに応じ、ただの射撃の裏に隠して、火術を乗せた矢を射る。込められた熱気が空気を歪めた。

「付与が速くなってきてるな、上達してる」

お褒めの言葉をありがとう。

陽炎《かげろう》に紛れるよう、風術を込めた矢を二発放つ。一発は空へ、一発はフェリスへ。射撃を交差させ、ようやく相手がその場を動いた。ただ、数歩位置がずれただけで、誇れるような成果ではない。

魔術師に体術で凌がれている。色々と工夫しているつもりだが、どうにも見透かされている。

「チッ」

連射――僅かな苛立ちが行動を単調にする。三射目で自制心が働き、付与を混ぜろと理性が言った。しかし間に合わない。甘くなった攻めを咎めるように、フェリスは棒を伸ばし僕の足首を払う。

倒れ伏した僕の目の前に、棒の先端が向けられていた。

「……参った」

「うん、悪くはない。立ち回りが単調になりがちなところを注意すれば、もっと伸びると思う。付与に関してはこのまま続けて行けば、アヴェイラくらい簡単に超えるんじゃないか？」

「アイツの付与は数えるくらいしか見たことがないから、比較しにくいんだよね。というか、使ってるの見たことないよね？」

「無いけど、傷口を見れば付与の出来くらい解る」

その言い方からして、アヴェイラの付与はそう巧くはないのだろう。ただ、アイツは決定打を確実に当てるため、敢えて効果を抑えている感はある。全力を知らない相手を侮ろうとは思えない。

フェリスはこちらの顔を見て、軽く肩を竦めた。

「まあ、俺の言葉は信じなくても良い。それでも練習だけは続けろ。格上が相手だろうと、通じる技術が一つでもあれば可能性は生まれるんだ。強度が一万あろうが二万あろうが、攻撃が通るなら殺せるってことだからな」

なるほど、フェリスらしい発言だ。

そういう視点でいけば、僕だって成長していると言えるのかもしれない。万が一でも可能性があるのなら、それに縋って戦える。

いずれは僕も――己の強さに引け目を感じずに済むのだろうか。差し出された手を握り、立ち上がる。

「己に自信を持つことは、難しいですか？」

すると背後から声。

意識を緩めたつもりはないのに、気配を感じ取れなかった。そんな相手は一人しかいない。

「せめてファラ様の接近に気付けるようでないと、そんな大口は叩けませんね」

「それは失礼しました」

振り向けば、どこか悪戯めいた微笑がそこにあった。ファラ様は略式装備に身を包み、長剣を持ってこちらを見据えている。ハーシェル家を置いてアヴェイラが動くことはないから、外に出て来たのだろう。

何となく気が抜けて、弓矢を仕舞う。フェリスも苦笑いで、棒を地面に突き立てた。

「ジェスト様の訓練は終わりですか？」

「続けようと思えば続けられますが……何か用があったのでは？」

僕の質問に、ファラ様は首を振る。

「私は単なる散歩です。でも……丁度良いですね。フェリス君、もしお手隙なら、私とも少し遊ばないか？」

何でもないような声色と裏腹に、ファラ様から圧を感じる。

横目で見れば、フェリスは驚いて硬直していた。興味深い展開に、僕は呼吸を抑える。

◇

普段なら、まずお断りする誘い。ただ今回に限っては、そう悪い話でもない。

ジェストが訓練に付き合ってくれているものの、アイツの良さが活きるのは遠距離だ。

対アヴェイラを想定した場合、やはり接近戦をこなせる相手が欲しかった。

ファラ師が格上過ぎて練習にならないという懸念はあるものの、周囲への影響を考えれば、どうせお互い全力は出せない。その気になればなるほど、森を荒らすことになってしまう。相手も遊びと言っていることだし、訓練の範疇ならばどうにかなるだろう。

緊張から来る唾を飲み込む。

受けると口にしていいのか若干本気で悩み、ようやく声に出す。

「折角のお誘いですし、そちらが良ければやりましょうか。……ジェスト、よく見ておけよ。本当に強い人間ってのが、どういうものか解るからな」

格好悪い所は見せたくないが……ジェスト対俺の時くらい、場を保たせられるだろうか？

内心首を捻っていると、ファラ師は嬉しそうに笑う。

「ふふ、持ち上げてくれるな。でも良かった、私も身を入れた訓練をしたくてね。では、徐々に慣らしていこうか」

「お願いします」

ファラ師が長剣を抜き放つと同時、俺は異能を全開にする。

ジィト兄によれば、ファラ師は高速移動からの突きを主体とした戦法を取るらしい。動きとしては直線的だが、間合いの取り方が絶妙で、なかなか捉えられないという話だった。

さて、そんなファラ師の初手は意外にも、ゆったりとした前進から始まった。虚を突かれ乱れた心を、『集中』が平静に戻す。

知らず、こめかみを汗が伝う。凄まじい圧迫感だ。

こちらに向いた剣先が、角度の所為で点にしか見えない。基本的な中段の構えも、ファラ師が使えば恐ろしい。

静かに間合いが縮まっていく。後一歩――俺は攻めるでも受けるでもなく、ファラ師が踏むであろう地面を真っ平に固めることで対応した。

想定と違う踏み込みにより、ファラ師の突きが僅かに乱れる。首を傾げ、頬のすぐ横を抜けていく切っ先を見送った。そのまま鉈で剣を叩き斬ろうとするも、流石にそこは武器を引かれてしまう。

取り敢えずの追撃で放った水弾は、剣の腹で弾かれ飛び散った。

……なるほど。かなり速いが、見えなくはない。かといって余裕がある訳でもない。

絶妙な手加減だ。格が違い過ぎるな。

「うん、アヴェイラなら反撃には至れなかったろうね。大きく避けず、魔術への繋ぎも滑らかだ」

こちらを評価しながら、ファラ師は身を低く沈める。露骨に突っ込んでくる構えを見せるのは、まだ指導の段階だからか。

異能を使ってもなお、遊び相手にすらなれないらしい。とはいえ、侮られ過ぎるのも不本意ではある。

苦笑を隠しながら、腹の中で魔力を練る。

俺の呼吸に合わせて、ファラ師の姿がぶれた。見えなくても、直進からの突きならサセットで慣れている。それに、あからさまな殺気が、先程と同じ個所を狙っている。

自分から前に踏み込んで、間合いを潰した。長剣が髪の毛を切り飛ばしながら、頭上を通過する。

俺は手首を狙って鉈を薙ぎ、ファラ師は長剣を手放すことでそれを回避する。そしてそのまま、地面に落ちる前に柄を再び掴み上げた。

噂の『瞬身』で来るかと思ったが、これは違うな。異能ではなく、ちょっと速く動いてみたという程度だろう。

俺達は再び距離を取り、改めて向かい合う。

遠慮されているのなら、今度はこちらから行くか？　丁度試したかったこともある。

敵と対峙する際、ジィト兄やファラ師は速さで以て相手を翻弄する。しかし、肉体で劣る俺に同じ真似は出来ない。どうすべきか、それをずっと考えていた。

思い付きを実行に移す。陽術と陰術を組み合わせ、俺と同じ見た目の虚像を少し離れた所に作り上げた。強度が高い人間ほど、あらゆるものに反応してしまう――虚像に釣られてくれれば、俺への意識が疎かになる筈だ。

目の前の光景に、ファラ師は目を見開く。驚いてくれたことは僥倖でも、通用するかは別問題だ。相手が落ち着く前に攻めなければ。

「ッせい！」

左右から挟み込むように展開し、棒で腕を狙う――と見せかけて、背中を貫くよう軌道を曲げた。ファラ師は虚像の攻撃を避けようとして後ろに飛び、自分から棒に突っ込んでいく。

「い、つうっ！」

「チッ」

当たった瞬間、ファラ師は思いきり身を捻って一撃をいなした。威力を半分以上殺されている。巧くいったと思いきや、流石の反応の良さだ。

やはり俺の一撃は鋭さに欠ける、ということなのだろう。格上相手だと目一杯工夫しても直撃に至らない。陰術も込めていない以上、背中を強めに押した程度だ。

落胆する俺に対し、ファラ師は爛々と目を輝かせ始める。

「素晴らしい。当てられるなら魔術とばかり思っていたよ」

「お褒め頂き光栄です。ただまあ、ファラ師は縛りが多過ぎるかもしれませんね」

相手に対応するべく『観察』を続けているが、ファラ師が異能を使っている様子は無いし、魔術も軽めの身体強化くらいだ。こちらが七割、相手が五割でやっているから、どうにか試合が成立しているだけの話。

身を入れた訓練というには、まだ物足りないかな？

相手を窺えば、もう期待ではち切れそうなくらい、顔が笑っていた。

「その気になっても良いのかな？　フェリス君」

「もうちょっとくらいなら、どうにか付き合えますよ」

「嬉しいことを言ってくれるね。対人戦は相手がいないから困っていたんだ」

目を細め、ファラ師は自然体で立つ。下ろされた剣に揺らぎは無い。

さて。

棒と鉈を構え、魔力を練り直す。ようやく遊んでくれるらしい。

夢中

目下の者と対峙する時、思いつく限り手を抜くようになったのはいつからだったか。

異能を制限し、魔術を制限し、武器を制限した。なるべく意図が読みやすいよう、相手が受けやすいようにあからさまな構えを取り、それでも勝ち続けた。

指導ばかりが増え、真剣勝負は遠ざかる。配慮はどんどん過度になっていき、若手の成長を祈るようになった。

そして今。

相手の武術強度は知っていたし、５０００も差があればどうとでもなると高を括った挙句、背後を打たれるという不覚を取った。私に当てたことを誇るでも喜ぶでもなく、ただ仕留められなかった事実を苦いものとして受け入れ、なお先を目指す者が現れた。

フェリス・クロゥレン。かつて私に師事した天才の弟。

ジィトは以前言っていた。弟は周囲に侮られているが、本当はかなり出来る人間なのだ、と。

かなりなんてものではない。武術と魔術を融合させた新たな戦術を用い、彼は強度差を引っ繰り返してきた。

あれこそが工夫だ。その先をもっと知りたい。

彼我の距離を一息で詰め、逆手で胴を薙ぐ。いつの間に入れ替わったのか、フェリス君の姿は斜めに崩れ、水の針となって私を襲う。

背筋に走る悪寒に従い、右へ跳ぶ。避けた先にあった樹々が穴だらけになり、音を立てて倒れる。

受け損なえば死ぬという緊張感が、私の鬱屈していた欲望を解放する。

「良いな、凄く良い。危機感を覚えたのは久し振りだよ。攻めに躊躇いが無いね？」

「そちらこそ、人の胴を真っ二つにしに来たでしょう」

「君なら何とかする気がしてね」

実際偽物を掴まされたのだから、綺麗に凌がれてはいる。

魔術強度に開きがあり過ぎて、何をされているのか知覚出来ない所為だ。いつもなら魔術の発動より先に斬ってしまうが、彼を相手に迂闊な一手は許されない。

柄を握り直し、姿勢を整える――攻め手を考えただけの一瞬で、虚像が私を包囲した。

熟練の魔術師が厄介なものであることを、嫌というほど思い出させてくれる。それでも、このままならなさが、どうしようもなく愛おしい。

もっと、もっとだ。

この異才を、全身が求めている。

相手を攪乱しようと、力んでいた足が軽くなっていく。山の歪な地面を滑るように舐めるように、反動も無しに左右へ走る。

制動を要しない、力も要らない移動こそが『瞬身』。

今、私は自由自在だ。

異能に呼応するように、フェリス君の分体が増殖していく。無我夢中でその全ての首を刎ね、胴を断ち、頭を割り――息継ぎをした瞬間に、地に両足を掴まれる。

「む、くぅっ」

足元を見れば、石で出来た手が私の足首を捉えていた。ならばとその手を切り刻んでいると、上下左右から水弾が迫る。

「邪魔！」

襲い来る水弾の全てを八つに断ち割り、フェリス君の本体を探す。気配が追えないということは、魔術による隠蔽が働いている。

戦況は拮抗している。いや、ある面では押されてすらいる。その事実に心が躍る。

釣られていることは承知で、次々と現れる気配を切り裂いていく。感じ取れるということは、本体ではないということ。ただ、放置すれば却って分体を意識してしまうため、結局は減らしていくしかない。

完璧な展開だ。ここまでは満点。

とはいえ、このまま相手を褒めて終わる訳にもいかない。そろそろ本気で相手を探そう。

こちらの動きに合わせて時折攻撃が飛んでくるため、そんなに距離を取ってはいないだろう。少なくとも、私を知覚出来る範囲内にはいる。

迂闊に足を止めると狙い撃ちにされるため、感知に集中出来ない。適当に跳び回りながら、相手を探し続ける。

……いや、考え方が間違っているな。

目で見えないなら、姿を魔術で隠している筈だ。しかし、その魔術を看破するだけの能力が、私には無い。ならば相手を探るのではなく、出て来ざるを得ないよう、引き摺り出すのが正解だ。

魔力を込めて、剣閃を宙に走らせる。地面が格子状に刻まれて捲れ上がった。

うん、これだ。

取り敢えず、当たるまで攻撃範囲を広げてみようか。

◇

あ、こりゃ無理だ。

慌てて地中に飛び込み、全力で気配を隠す。

ファラ師が攻撃の意識を変えた瞬間、敗北を確信した。巧く嵌めることが出来た所為で、却って相手の箍《たが》が外れてしまった。あの猛攻を止める術が俺には無い。

環境に配慮して、ある程度の加減をしてくれるものと思っていたが、もうそんな意識は無いようだ。大体にして、魔術戦でなければ対応出来ない時点で、本来の目的からは遠ざかっている。元々は接近戦の訓練をしたかったのに、今やっていることは避難訓練だ。

黙ってやり過ごせば、いずれはファラ師の体力か魔力が切れて、俺にも反撃の機会が巡って来るだろう。しかし、悠長に待っていたらこの森が無くなってしまう。

先のことを想像する。侯爵家の管理地を勝手に更地にしたら、ファラ師とて何らかの咎を受けるだろうし、ジェストの立場も悪化する。そうなれば、ウェイン様に要らぬ口実を与えることになる。

格上相手に自分が通用することが嬉しくて、調子に乗ってしまった。

こうなれば、なるべく平和的にファラ師を止めるしかない。『瞬身』は確かに驚異的な異能ではあるが、少なからず消耗はする筈だ。

相手の移動の傾向を読み、足を止めた瞬間に仕掛ける。これしかない。

幸い、分体を出せばそちらに向かってくれるので、多少の誘導は効く。加えて、あれはあくまで転移ではなく移動だ。地面を踏んで動いているのなら、地術は有効に機能する。

「すぅ――はぁ――」

さあ、ここからは間違えられない。

呼吸のための空気穴を確保した上で、地表を泥で覆っていく。滑るようだった足取りが、泥を踏むごとに重くなっていった。それでもまだ、俺の最速よりは速い。

苛立ったような舌打ちが聞こえる。時間が経つにつれ、どんどん自由を奪われていくからだろう。この辺で少し捌け口が必要だ。

無数の泥人形を作り、適当に暴れさせる。動作の途中で人形は微塵切りにされているが、素材はそこら中にある。再作成に手間はかからない。

相手に斬ったという手応えを与えつつ、動きを阻害する。攻撃がこちらに向かないというだけで、囮には充分過ぎる意味がある。十体出して二秒も保たないという問題はあるが、やらなければ矛先がこちらを向く。

人形に毒を混ぜるか？　いや、勝ちの目は出来ても、後に続かないから却下だ。ファラ師を殺す訳にはいかないし、また土地を汚染してしまう。国に手札を知られることは避けたい。

つくづく陰術の使いにくさを実感させられる。せめてもと泥の配分を変え、粘り気と重さを加えてやる。

悪足掻きと同時、

「はあああ――――ッ！」

裂帛の気合が響き渡り、数多《あまた》の斬撃が飛んだ。手当たり次第に泥を吹き飛ばしている。

このままだと、攻撃が俺に届くな。

思い悩むだけの時間が無い。場を好転させる要素を探して、とにかく強度を重視した石壁を建てる。扱う魔力が増える分、俺にかかる負荷も増える。

つまり、生成の速度が出ない。

「どうした！　そろそろ限界か⁉」

剣を壁に叩きつける音が、前世の工事現場を思い出させる。高速で放たれる一撃が、壁をどんどん削っていく。全力で修復と生成を繰り返し、ファラ師を閉じ込めようとするが……壊す速度の方が若干速い。

こんな馬鹿げた根競べに付き合わず、範囲外に出てしまった方が楽なのに、ファラ師はそれを選ばないようだ。行動範囲を制御されることが嫌なのだろうか。それとも、格下の技ならば全て真っ向から受けるつもりなのか。

仕切り直してくれれば良いのに……降参する暇も無い。

剣による衝撃が地面に伝わり、全身に振動が走る。吐き気が止まらない。歯を食い縛って耐え、ここで出し切るくらいのつもりで石壁を乱立させる。

強力な攻撃は、腕を振る空間があってこそだ。相手の空間を奪え。

限界を超えた『集中』が生成速度を加速させる。眼球の奥が痛み、視界が赤く染まる。

「おおおおあぁァア！」

ファラ師の叫びが遠くで聞こえる。耳からも出血しているのか。抵抗は強まっていき、それに伴い指先も痺れていく。

「ツ、くっ、あ、ぁ」

畜生、呼吸がつっかえる。速く、もっと速く。

いい加減に、諦めてくれ。

最早魔術を行使しているのか、祈っているのか解らなくなってきた。魔力の残りを計算する余裕すら無い。

「まだまだああッ！」

ファラ師の内部で魔力が高まっていく。長剣が炎を吹き上げ、石壁が破壊される速度が上がる。

クソ——いや、拙《まず》い！

地中から飛び出す。

無秩序に走った斬線の一筋が、逃げ惑うジェストに向かっている。

血に染まった視界に、怯えた表情が焼き付く。

火の粉が舞っている。全てがゆっくりと進んで見える。

「待て、ファラ師！」

焦って並べた石壁など、盾にもならない。それでもかろうじて攻撃を遅らせ、ジェストの前にどうにか身を晒した。

全力で障壁を張る。『観察』と『集中』を切り、『健康』に全てを賭ける。

「そこかァ！」

喜色の滲む声。先の斬線と重ねるように、ファラ師の刃が走る。

あ、これは死んだか？

他人事のように、状況を確認する。不思議と笑いが込み上げる。歯を食い縛り、覚悟を決めた。

何か手はあるか？　何も思いつかない。

障壁を切り開いて、長剣が俺の肩口から腰までを斜めに裂いた。

責任の取り方

全てが想定を外れていく。

フェリス・クロゥレンが重体に陥ったとの報せが入り、様子を確認しに行くと、かろうじて胴体が繋がっている彼の姿が目に映った。あまりにも深い傷口からは、淡い光が漂っている。

……自分で自分を癒している？　人間にあんなことが可能なのか？

有り得ざる光景に瞠目する。誰がどう見たって致命傷だ、あの傷で生きていられる方がおかしい。意識も無いのに、生命活動を維持する異能なんてものがあるのか？

どう考えても異常だが、そうでもなければ説明がつかない。とにかく、生きているのなら打てる手はある。

速やかに医者を手配するよう指示し、環境を整える。どうにか命を繋いでもらわなければならない。怪我をする程度ならばまだしも、死亡だけは避けなければならない。

他家の当主――しかも相手はミルカ殿だ――を呼びつけた挙句、監視下にあった者の遺体を引き渡そうものなら、それはもう戦争だ。想像するだに恐ろしい。

それだけは絶対に駄目だ。

焦りと苛立ちが募り、部屋中を歩き回る。頭を掻き毟ると、汗で湿った髪の毛が指先に絡みついた。

……そもそも、何故こんなことになったのだ!

経緯を知っている筈のジェストは、黙して何も語ろうとしない。どれだけ問い詰めても、青褪めた顔で首を横に振るばかりだった。

この表情には覚えがある。裁きの場で時々見る表情――冷静であろうと足掻く人間の顔だ。つまり、冷静でいられないような何かが起きたのだ。

そしてもう一人。

犯行に及んだと思われるファラ殿も、こちらからの呼びかけに応じてくれない。現場にいた人間は判明しているし、あの鮮やかな切り口を誤魔化せる訳もないのに、それでも彼女は口を噤んだ。

事情が解らない。

二人の間に確執があったとは思えない。むしろファラ殿は、フェリス君を気に入っているように見えた。そうなると、考えられるのは訓練中の事故くらいだが……王国最強の『守護者』ともあろう者が、成人したばかりの少年を相手に仕損じるものだろうか？

……いや、こんな考えは現実逃避に過ぎないな。

原因を探る意味はあっても、目の前の状況が改善される訳ではない。治療の時間を稼ぐため、どうにかしてミルカ殿の足を止める必要がある。隣の伯爵領を出発して、道中で三日かけるということであれば、大体の位置は予想出来る筈だ。

直接出向いて、何処かで彼女を歓待するか？　いや、ジェストが機能不全を起こしている以上、代わりに指揮を執る者がいない。ならば道を塞ぐ？　駄目だ、迂闊に道を塞げば流通が滞る。

焦りで頭が回っていない。歯軋りの所為か、口中に血の味が広がる。

こんな時に、劇的な策が浮かぶと期待する方が間違っている。結論が出るまでまだ時間がかかることにして、別邸に留まってもらう辺りが無難か。当人に会わせろと要求された場合、審判まで外部との接触を禁じていることにしよう。

どうせ、立ち上がれもしない人間を裁きの場に出すことは出来ない。どれだけ金と物資を消費しようとも、今回ばかりはやるしかないのだ。

方針を決めて部屋を出ようとしたまさにその時、扉が叩かれる。

「入れ」

許可を出すと、家令が額の汗を拭きながら躊躇いがちに顔を出した。

「お休みのところ申し訳ございません。ミルカ・クロゥレン様が領の南門に、ジグラ・ファーレン様が北門に到着したとの知らせが入りました。……如何なさいますか」

当の本人と近衛の副隊長が揃い踏みだと？

握り締めた拳を壁に叩きつけそうになり、懸命に堪えた。

◇

家令の案内に従って敷地に踏み入った瞬間、強い違和感に包まれた。初めて来る場所で何が引っかかっているのかと考え、やがてその理由に気付く。

酷く弱々しい、消え入りそうな人間の気配が一つ。その正体がよく知った人間のものと理解した瞬間、私は家令を振り切って走り出した。

意識的に気配を抑えているのではない。これは単純に、フェリスが死にかかっている。

口中で舌打ちする。こんな時に、何処で何をしくじった。

この感じだと、どうやら悠長にしている余裕は無い。離れた気配を目掛けて陽術の経路を作り、私とフェリスを繋げる。そのまま一気に活性と再生を起動し、強引に生命力を注ぎ込んだ。

集中力を要するが、ひとまず安定するまでは私が場を繋ぐしかないだろう。何があったか訊こうにも、それだって相手が生きていてこそだ。

「お客様！　そちらへ行かれては困ります！」

邸内へ入ると、家臣の一人が廊下を遮ろうとする。しかしその先にフェリスがいることは解っているため、私はこれを無視した。慌てて追い縋ろうとする彼を一睨みで押し留め、消えそうな気配を追う。

すると階段の手前に、美しい佇まいの女性が控えていた。

「ミルカ・クロゥレン様ですか？」

「ええ。貴女は？」

「ファラ・クレアスと申します」

近衛兵隊長？　何故ここにいる？

訝る私に頭を下げると、ファラ殿は膝をつく。

「フェリス様のお部屋までご案内いたします。……驚かず聞いていただきたいのですが、彼は現在、危険な状態にあります」

「それは感知出来ています。やったのは貴女ですね？」

領内に入ってから今に至るまで、危機感を覚えるような手合いはいなかった。フェリスを害せるだけの強者が目の前にいれば、それを疑うことは当然だ。

彼女は一瞬言葉を止め、改めて私に顔を向ける。

「はい、彼を斬ったのは私です」

瞳の奥には悔いがある。少なくとも、やりたくてやったことではないらしい。

気になるとはいえ、それもこれも後回しだ。

「今は話している場合ではありません。案内を」

「畏まりました」

彼女は立ち上がると、滑るように階段を駆け上がって行った。私も足に魔力を込め、見失わないよう後を追う。行き着いた先で、締め切られた扉をファラ殿が押し開くと、中では汗だくの老魔術師が懸命に治療をしている所だった。掲げた両手を震わせながら、老師は疲れ切った顔をこちらに向ける。

「……患者に魔力を注いでいるのは君か？　ああ、扉は閉めてくれ」

「手伝います」

老師は少し横にずれると、私を隣へと招いた。フェリスの様子に思わず息を呑む。

一見して解る致命傷だ。出血は多く、臓物も外から見えている。普通の医者ならすぐさま見放す案件だろう。この状態の患者を死なせないとは……どうやらこの老師は腕が良い。

ひとまず私は、自分とフェリスを繋ぐ経路を切った。この距離で魔力を遠隔操作する理由は無い。

フェリスの額に手を当て、慎重に内側を探る。残存魔力はあるが……意識が無い所為か、普段よりも『健康』の働きが弱い。かろうじて保っているのは、老師の尽力があってこそだ。

二人分の力で現状維持なら、やはり三人目が必要だろう。

「ファラ殿。余計な邪魔が入らないようにしてください」

「全力を尽くします」

声色は確かだ。きっと、その言葉に嘘は無い。

では久し振りに全力を出すとしよう。魔力量はフェリスに及ばないとしても、出力は私の方が上だ。僅かでも命があるのなら、死の危険など撥ね除けてくれる。

まずは老師に活性。フェリスには先程以上の効果で活性と再生をかける。赤黒く露出した内臓を、薄桃色の皮膜がゆっくりと覆っていく。もう流れ出るだけの血も無さそうだが、出口を塞ぐ必要はあるだろう。

造血をどうすべきかと考え顔を上げれば、薬液の入った袋から出た管がフェリスの鼻と喉に繋がっていることに気付いた。

「あの袋の中身は？」

「侯爵家の秘薬だな。体液の代わりになると同時、筋肉を弛緩させる」

「ああ、下手に動かれると体の中身が出るからですか」

老師は問いかけに黙って頷く。活性の効果か、状況が改善しているからか、最初よりはずっと表情が明るい。でも、このままでは時間がかかり過ぎる。

多少の申し訳無さを感じつつも、私は口を開く。

「回復を早めたいので、フェリスを起こしたいのですが」

「……今日が覚めたら、痛みで死ぬ可能性が高いぞ」

「フェリスならそこは大丈夫です」

返答を聞かず、覚醒の術式を練った指先をフェリスの額に押し付けた。僅かな間を置いて、微かに瞼が開く。

「フェリス動くな！　全力で『集中』、『健康』！」

一瞬顔を顰めるも、フェリスは身をよじることもなく、言われた通りに異能を起動する。曖昧な意識の中でも、弟は為すべきことを間違わない。流石にいつもと違って魔力が弱々しいものの、今までよりは格段に傷口の修復が早まっていた。

「馬鹿な……何故この状況で魔力を操作出来る？」

「やるしかないならやりますよ。生きるために必要な作業ですから」

そもそも、フェリスが致命傷を負うのは初めてではない。ジィトや私との決闘、不注意による調合の失敗等々、知る限りでも五回は死にかかっている。その全てを異能で切り抜け続けた男は、人とは経験値が違うのだ。

笑いが込み上げる。

余人には想像もつくまい。意識さえあればどうにか出来る——私はフェリスの生命力を信じ、彼はそれに応えた。

老師は驚いてフェリスを見下ろしていたが、やがて呆れたように首を横に振り、術式へ込める魔力を強める。

危うい点もあったが、これで難所は越えただろう。そろそろファラ殿から仔細を伺う頃合いだ。

「ファラ殿、状況はある程度安定しました。先程のお話に戻りますが、今回の経緯を教えていただけますか？」

「畏まりました、が……ウェイン様に報告が行ったようですね。人が来ます」

「ああ、ようやくですか。では、扉を開けていただけますか？　そう、そのくらいで」

扉の隙間から廊下へと火球を放つ。入り口に術式を刻み、炎の結界で塞いでから閉めてもらった。これで暫く邪魔は入らない。

肺に溜まった空気を思い切り吐き出し、少しだけ気を抜く。ついでに馬鹿の鼻先を指先で弾いた。

「アンタからも後で聞くからね」

瞼が震えたので、肯定と見做す。ファラ殿は珍妙なものを見る目でこちらを眺めていたが、やがて表情を引き締めて話し始めた。

「では、最初に会った時から――」

そして彼女の見聞きした全てが語られる。

アヴェイラ・レイドルクの紹介でフェリスと出会ったこと、口外しないことを条件にこっそり強度を教えてもらったこと、諸々。

そして最後に、訓練中に我を忘れてジェスト様に攻撃を飛ばし、それをフェリスが止めたこと。

「ふむ……なるほど」

話を聞く限り、彼女を責める気にはならなかった。受けに回ったフェリスを崩そうとして、躍起になる気持ちは非常によく解る。ある程度の安全を確保しながらこちらの嫌がる攻めを延々続けて来るので、意地でも叩き潰してやりたくなるのだ。なので、つい力が入ってしまったこと自体は頷ける。

ただ問題として、ジェスト様を巻き込んでしまった点は言い訳が出来ない。加えて私個人の感情はさておき、公人としてファラ殿を軽々しく許す訳にもいかない。

「事の経緯は理解しました。それで、この後はどうするおつもりで？」

ファラ殿は私の問いに僅かな苦笑いを浮かべ、床の一点を見つめる。

「アヴェイラを近衛に組み込んだら、職を辞そうと思います。王族を守る近衛が、特定の貴族に対して負い目を抱えている状態は健全ではありませんから」

それはまさしく言う通りだろう。該当の貴族が叛意を持った際に、守備が機能しなくなってしまう。国に対してはそういう対応を取らざるを得ない。

では次。

「通常、訓練中の事故であればどのような手傷を負ったとしても、その責を問うことはありません。ですが……」

「ええ、今回はその範疇では収まらないでしょうね。見学者に刃を向けてしまったことが原因となれば、負傷の意味合いが変わってくる。幸いジェスト様には怪我がありませんでしたので、侯爵家には私財の全てで賠償としようと考えております」

侯爵家がそこまで求めるかは解らないが、申し出があればウェイン様は受ける筈だ。当主代理が頷いた時点で、家に対する賠償としては成立する。役職上それなりの蓄えはあるだろうし、ファラ殿の首と合わせれば、上位貴族への謝罪として不足はあるまい。

国と侯爵家に対しては、どうした所でこれくらいやらなければ、事態への責任を果たせない。

ここまでは概ね想定通り。

最後に、クロゥレン家についてだ。私財の全てを投じたならば、彼女は当家にどう報いるのか？

問おうとして若干の間が空く。こちらの様子を察したのか、ファラ殿は静かに膝をつく。

「ミルカ様。フェリス様は、クロゥレン家の最高戦力の一つであるとお見受けしました。一時的なものとはいえ、それを奪った私の罪は重いものでしょう。許されるのならば、今後私にその穴埋めをさせてください。魔術の面ではフェリス様に及びませんが、武術であれば私で足ると信じます」

真っ直ぐな眼差しに背筋が震える。

素晴らしい、痺れた。満点の回答だ。

ファラ殿は自分の価値とフェリスの価値を正しく理解している。

私は胸元に隠していた懐剣を取り出し、跪いたままのファラ殿の前にそれを置いた。家紋がついた物品を持つ者は、その家において一定以上の権限を持つことを意味する。

「貴女をフェリスの従者として採用します。必ずしもクロゥレン家の味方である必要はありませんが、常にフェリスの味方でありなさい。以後の活躍に期待します」

私の言葉に、ファラ殿は恭しく懐剣を手に取り掲げる。

思わぬ拾い物を得た。結果としては満足——しかし、クロゥレン家の武力があまりに過剰になってしまうか。

あちこちから目をつけられそうな気がする。それでも、私は唇に這いずる笑みを抑えられそうになかった。

裁きの前に

己を呪っている。

能力も覚悟も無く、あの戦いを眺めていたことを悔やんでいる。

序盤はさておき、途中から明らかに風向きが変わったことは僕にも感じ取れた。その時点で現場を離れるべきだったのに――あの美しい闘《せめ》ぎ合いに心を奪われてしまった。白刃が煌めき、泥飛沫《どろしぶき》が舞い、両者は激しくぶつかり合う。自分もああなりたい、少しでも高みに上りたいと拳を握り締め、必死になって戦いを目で追った。

そして――あまりに夢中になり過ぎて、余波から逃げ遅れた。

馬鹿のやることだ。

誰であれ、人は誤る。僕が安全である保障なんて、最初から何処にも無い。そんなことも弁えない者が、あの場に立つことを許される筈もなかった。

いっそ僕を殺してでも、最後までやり切って欲しかったのに。

結果はどうだ。フェリスは勝ちを失い死にかかっている。ファラ様は僕を責めることもせず、ただ己の不手際を詫びた。加えて、必ず償いをすると言った。

悪いのは、自分の身も守れない僕だ。彼等じゃない。

目の前の光景が色褪せ、熱から醒めた僕はフェリスへと手持ちの秘薬をぶちまけた。友人の死が間近に迫っているという事実が、どうしようもなく恐ろしかった。

どうやって屋敷まで戻ったか、今でも思い出せない。途切れ途切れの記憶の中で、誰かが僕の行為を褒めている。

曰く、貴方の行為は適切だった。そのお陰でフェリスは死なずにここまでやって来れたのだと。

適切だった？　適切だったなら、そもそもフェリスは斬られることすら無かった筈だ。なのに僕を評価するなんて馬鹿げている。僕はどうしようもない失態を犯して、それをどうにか誤魔化そうと足掻いているだけだ。

全てが恥ずかしい。

もうこの先の展開は読めている。ファラ様は侯爵家と子爵家に賠償をせねばならない。背負わなくても良い咎を背負い、不要な謝罪を繰り返すのだ。

他ならぬ僕の所為で。

想像すると息が詰まる。喉が締まり、呼吸が細くなっていく。決定的な破綻を避けようとしているのに、気付けば目の前には取り返しのつかないことばかり広がっている。

跪いて、床に額を擦りつけた。嗚咽を抑えられず、唇から涎が垂れ落ちる。

フェリスに生き延びて欲しい。ファラ様は当たり前の顔で中央に戻るべきだ。

どうか、どうか。何者かに懇願する。だって彼らは何も悪いことをしていない。責められるべきは僕なんだ。

目を瞑れば赤い斬線が瞼の裏に浮かび上がる。

ああ、どうか。

ただ、強烈に思う。

僕は勝負を、あの美しい光景を穢してしまった。

◇

扉が軋む音がする。誰かが魔術で閉鎖された入り口を、強引に押し開こうとしているらしい。

あれを突破するのは私でも骨だが——何度かの激しい衝撃の後、扉は取っ手ごと打ち砕かれた。連れ立って中に入って来るのはウェイン様とジェスト様、加えてここにいる筈のない、私の見知った顔だった。

「……ジグラ？」

中央で留守を預かっている人間が、何故ここにいる？

私は首を傾げる。ジグラは握り締めた槌で肩を叩きながら、溜息混じりに吐き捨てる。

「お疲れ様です、ファラ隊長。任務中申し訳ございませんが、帰還命令が出ております。当初の予定を過ぎているため、お歴々が痺れを切らしました」

「そうか、気短なことだな」

返答が気に入らないのか、ジグラは顔を顰めた。まあ、小間使いをさせられて不服なのは理解出来る。以前は顔を取り繕えない未熟さを苦々しく感じたものだが、それも終わりかと思えば感慨深い。

我知らず笑っていたらしく、ジグラの眉が跳ね上がる。

「何かおかしなことでも？」

「いいや、何も」

何も無い。ジグラの不手際を指摘する理由も、煩わしい宮仕えの今後も。

近衛としての己を捨てると決めたら、別世界に来たような気分になった。僅かばかりの感傷と解放感が、胸をざわつかせている。

苛ついたように、ジグラは槌を腰に戻した。

「そろそろ中央に戻りませんか。新人に付き合っているようですが、本来の隊長の仕事ではないでしょう。それとも、判決が出るまで待たなければなりませんか？」

問いかけに私は首を振る。これ以降フェリス様にはミルカ様がつくだろうし、私がアヴェイラを抑え込むまでもない。侯爵家だって、ハーシェル家が襲われるとは考えていないだろう。

私はウェイン様に向き直る。

「護衛はもう不要と思われますが、如何でしょう。アヴェイラと共に中央へ向かっても構いませんか？」

正直ここから離れたくはないものの、決着は早い方が良い。フェリス様の快癒を待っていたら、余計な仕事を増やされるであろうことは目に見えている。

まあ、どんな嫌がらせをされようと、辞職することに変わりはないけれど。

ウェイン様は笑おうとして巧くいかないような、微妙な顔をしていた。

「確かに、結論はもう決まっておりますし、これ以上お引止めする理由もありません。

……ただ一点、何故フェリス君が重体に陥ったのか、そこだけはお聞かせいただきたい」

おや、詳細を聞いていない？

別に隠すことでも無いのに、ジェスト様は回答を伏せたようだ。なら、ウェイン様の疑問も尤もだろう。

「先程、ミルカ様にもその説明をしておりました。結論から申し上げますと、フェリス様を斬ったのは私です」

最大の難関に話を通した後だからか、ジェスト様とフェリス様に不都合なところは伏せた上で、落ち着いて説明が出来た。事の次第を話し終えた所で、ジグラがかつてないほどの渋面を晒す。

「それは……幾ら何でも軽率過ぎるでしょう。貴族家の令息を二人も命の危険に晒して、どう責任を取るおつもりですか」

ジグラが責めることではない、と平坦な気持ちで思う。

私はジグラではなくジェスト様に向き直り、なるべく優しく笑いかけるようにした。ある意味で、フェリス様以上に傷ついたのは彼であっただろうから。

「ジェスト様。今回の仕儀については、金銭による賠償をさせていただければと考えております。中央に戻り次第、私財の全てをそちらにお渡しするよう手配いたしますので、謝罪を受け入れてくださいますか？」

私財の全て、という言葉にウェイン様とジグラが驚いた表情を見せる。ジェスト様は泣きそうな顔で、唇を震わせながら頷く。

「……謝罪をお受けいたします。むしろ、あれはこちらの不始末でした。ご迷惑をおかけして申し訳ございません」

「いえ、全ては私が未熟であったが故です。ジェスト様が気に病むことはありません」

本当に、あの時はどうかしていた。ああも気持ち良い時間は久し振りで、我を忘れてしまった。

跪き、頭を垂れる。ジェスト様は私と視線を合わせるように膝をつき、唇だけで、

「私財は後でお返しします」

と囁いた。

拒否をしようにも、声にしていないものに反論は出来ない。ジェスト様は、反応に迷う私へと手を伸ばす。

「顔を上げてください。僕らの間では和解が成立しました。蟠《わだかま》りは何も無い、そうでしょう？」

懇願するような瞳には、涙が滲んでいる。

――そうか、そうだな。

これを断れば、相手を子供扱いしたことになる。ジェスト様も成人したばかりであるとはいえ、立派に職務をこなし、己を鍛えてきた男だ。武人としての誇りを穢すべきではない。

差し出された手を取り、立ち上がる。

「温情に感謝いたします」

「いえ。こちらこそ、気を遣わせてしまいました」

後でゆっくりジェスト様とは話がしたい。心からそう思う。

「ウェイン様も、こちらの不手際でご迷惑をおかけしました」

「いや……ジェストとファラ殿が良ければ、侯爵家としては特に問題ありません。ミルカ様との間では話が済んでおりますか？」

「はい、それについては先程」

「然様《さよう》ですか。……こういった形になってしまったことが悔やまれます」

幾分濁した本音に、敬礼で以て応じる。ジグラは怪訝そうな様子だったが、ウェイン様であれば、私が辞職するところまでは読めているだろう。こちらの過ちなのに、却って相手の方が恐縮してしまっている。

それが少しだけ可笑しい。

ともあれ、これで私と侯爵家の交渉は終わりだ。続けてミルカ様が口を開く。

「それでは、ファラ様のお話が済んだ所で、私からもお話をさせていただいても？」

「ええ、フェリス殿の裁きのことですね」

ミルカ様は僅かに唇を持ち上げ、首を横に振る。

「いいえ、裁きに関しては特に何も。そもそもハーシェル家と接触し、金額交渉を先方に任せるようフェリスに指示したのは私です。こちらの指示に不満があるのであれば、私が受けて立つべきでしょう。なお本件に関しては、ビックス様と伯爵領の料理人であるバスチャー・デニー氏が承知であることを申し添えます」

今まで伏せられていた事実に、空気が僅かに固まったような印象を受けた。ウェイン様が多少の焦りを滲ませて問う。

「な、何故そんなことを?」

「伯爵領の武を支える職人の穴を埋めようと言うのです。その腕前や人格、審美眼等を少しでも知りたいと思うことに不自然は無いでしょう」

当たり前の調子で、ミルカ様は言い放った。

ああ……そういうこと、か。

納得すると同時、関係者全員がたじろぐ。ハーシェル家はフェリス様ではなく、そこを通り越してミズガル伯爵家とクロゥレン子爵家の両家に逆らった、ということになるからだ。

これは、一気に相手が不利になった。

ハーシェル家の主張が認められなかった場合、彼らは貴族家を陥れようとした罪で処断される。たとえ認められたとしても、伯爵家と組合の信用は既に損なわれており、職人としての先が無い。それが解っていたから、フェリス様は強硬策を取らなかったのか。

事ここに至って、恩情など望むべくもない。

しかも、懸念すべき点はまだある。アヴェイラが裁定に不満を持った場合、その矛先がミルカ様になることだ。

侯爵家は離籍した彼女を助けられない。周囲に辞意を表明している私も、これ以上の責任は引き受けられない。状況を把握していないジグラも同じだ。

……先程の魔術行使だけで、アヴェイラがミルカ様に遠く及ばないことははっきりしている。

アヴェイラがいつもの調子で短気を起こした瞬間、彼女は炎に巻かれることになるだろう。ミルカ様はアヴェイラをあまり知らないだろうが、良い印象は抱いていない筈だ。

今年の採用は一枠減るかもしれないな。

この嫌な予想は当たりそうな気がする。ミルカ様は咳払いをして、話を戻した。

「さて。私が伺いたいことは、侯爵家の家臣が何故私に対し、フェリスの状況について告げなかったのか、ということです。確かにフェリスは家督を継ぐ者ではありませんが、かといって軽んじられるような立場でもありません。負傷については加害者本人からの謝罪を受けたので、その責については問わないとしても、事実が伏せられていた理由はなんなのでしょう？」

誰もが質問に唖然とする。周囲の目が一斉にウェイン様へと向いた。

私の斬撃は、決して手を抜いたものではなかった。フェリス様が生き延びたのは偶然だ。貴族家の人間が死にかかっている状況を、当主に伏せるなど有り得ない。

ミルカ様の刺すような視線に、ウェイン様はただ頭を下げる。

「案内をした家臣に、話が通じていなかったようです。まことに申し訳無い」

「それは何故？」

居心地が悪くなるような追及は止まらない。表情は穏やかでも、ミルカ様の目は一切笑っていない。

「貴族家の令息が瀕死の状態であることを、吹聴する訳にはいかないでしょう」

「吹聴しろなどとは申しておりません。それは当たり前の対応です。重要事項を告げられないような者を案内につけるなど、それ自体がこちらを侮っている証左ではありませんか？」

何か事情があるのかもしれないが、現実として隠蔽が為されてしまった以上、巧い反論が無いのだろう。ウェイン様は唇を引き攣らせて、言葉を探している。

ウェイン様の方が上位者であるとしても、失着は失着だ。しかも当主代理が推し進めた行為となれば、それはウェイン様ではなく侯爵家としての失着だ。

魔術に長けていない私でも解る。焼けつくような魔力が、渦を巻いてミルカ様に集まっている。

静かに感情を飲み込んだ声で、ミルカ様は続ける。

「……まあ、質問の答えは後でいただくとして、まずはハーシェル家との問題を解決してしまいましょうか。当事者である、私の準備は出来ています」

当事者、の辺りをわざとゆっくりと告げ、艶然と嗤う。

裁きを早めることに、もう誰も異議は出せないだろう。

「早急に手配します。準備が出来次第お声かけしますので、こちらで少々お待ちください」

「ええ、お願いいたします」

ウェイン様とジェスト様が足早に出て行く様子を見送り、ふと思った。

裁きは最早ミルカ様のものだ。ハーシェル家は負けるとして、どれだけの損害を出すのか。

これは悲惨なことになるな。

私は目を閉じて、溜息をついた。

茶番

案内された先は、広く真っ白な部屋だった。

部屋の奥と左右に四角い机が三つ、そして各々に椅子が二つずつ並べられている。中央の卓が裁定者用で、左右に私とハーシェル家ということだろう。離れた所には観客席も作られており、そこには近衛の三人が並んで座っていた。

ファラ殿は何処か緊張した面持ちで、アヴェイラ嬢を警戒している。詳しいことは解らないが、どうやら厄介なお嬢さんらしい。

さて、そのアヴェイラ嬢はというと、勝気な目つきでこちらを睥睨している。こちらを見下していると露骨に解る態度だ。私を前に気取るだけの腕があるのかと、近衛全員の首に魔力を絡めてみる——ファラ殿だけが不快げに身を捩り、二人はまるで動かなかった。

真の強者は攻撃という行為そのものに敏感だ。ファラ殿は魔力を感知したのではなく、こちらの雰囲気や意図を察したのだろう。この時点で無反応だったアヴェイラ嬢もジグラ殿も、私の相手ではない。

戦力は把握出来た。ファラ殿が私に敵対しない以上、この場での負けは無い。本気を出せば、彼女以外なら全員まとめて焼き尽くせる。

剣呑な段取りを頭に浮かべながら待つ。程なくして、ハーシェル夫妻とレイドルク兄弟が姿を現した。

ジェスト様がハーシェル夫妻に右の卓へ着くよう促していたので、私は反対へと陣取る。兄弟は揃って中央に並んだ。

「では、当事者が揃ったので始めたいと思うが、双方、よろしいだろうか」

落ち着いた声でウェイン様が言う。こういった場に適した、低く厳かな声だ。こんな立ち回りも出来るのに、どうしてああも稚拙な振る舞いに出たのか、よく解らない。

まあ、本番には関係の無いことだ。

「こちらは問題ありません」

「……？　あの子供はどうしたの？」

婦人が困惑したように呟く。話がまだ通っていないらしい。

レイドルク兄弟に目線を遣ると、ウェイン様が一つ頷いて口を開いた。

「フェリス・クロゥレンは負傷のため治療中だ。ただ今回の件については、そちらにいるミルカ・クロゥレンも関係者であると判明したため、彼女を代理として扱うこととした。

概要についても把握している」

「初めまして。クロゥレン子爵家当主、ミルカ・クロゥレンです。今回のそちらからの訴えについて、フェリスに代わり全力でお相手いたします」

サーム・ハーシェルは目礼をし、セレン・ハーシェルは舌打ちで応じた。

息を大きく吸い、深く静かに魔力を練り上げる。怒りに任せるのではなく、自制心を保ち敵を迎え撃つ。

気負いは無い。心は不思議と凪いでいる。

フェリスはアキム師への恩義もあって、穏便に済ませたかったのだろう。苦境に立たされている方だ、私にだって似たような感情はある。しかし残念ながら、詐欺師などという侮蔑を受け入れるだけの理由にはならなかった。こうなった以上、相手には潰れてもらうしかない。

ただ粛々と、私は事を済ませるだけだ。

「疑義がなければ先へ進めさせていただく。今から訴えの内容を述べていくので、まずハーシェル家は主張に誤りが無いか確認すること。その後、クロゥレン家から反論等について伺う。流れとしては以上だ。では始めよう」

ウェイン様が促すと、補佐のジェスト様から、ハーシェル家側の主張が述べられた。要約すれば、成人したばかりの未熟な職人が、言葉巧みに粗悪品をサーム殿に押し付け、大金を持ち去った。これは詐欺に当たる、ということらしい。事前に受けた説明の通りで、特に変更点は無いようだ。

これにわざわざ反論するのかと思うと、うんざりする。

フェリスの作品の質が低いだとか、不当に値段が高いと感じたのなら、最初から仕事を受けなければ良い。或いは、契約を書面にしていなかったことを利用して、後から条件を変えることも出来た筈だ。彼らはやるべきことを怠っている。

こんな大袈裟な真似をせずとも、金を取り戻すだけなら幾らでも手はあった。気に入らないからやっぱり止めます、の一言で済む話を、どうしてここまで拗らせたのか？　彼らが求める着地点が解らない。

悩んでいるうちに説明が終わる。

「……ハーシェル家側の主張を以上で終了します。何か付け加えることはありますか？」

「はい！　我々は詐欺行為への賠償金として、クロゥレン家へ二千万ベルを要求します！」

威勢の良い声がセレン女史から上がり、ウェイン様とジェスト様の時が止まった。傍聴席を盗み見れば、ファラ殿とジグラ殿は完全な真顔になっており、アヴェイラ嬢はしたり顔で頷いている。

あまりに想像を超えたものと出会うと、人は感情を置き去りにするのだと私は知った。

サーム殿は妙に穏やかな顔で、部屋の中心を見つめている。自分が置かれている状況を、本当に理解出来ているのだろうか？　常識のある者なら、被害額と賠償額の釣り合いくらい取るだろうに。

正気を疑う展開で、不覚にも圧倒されてしまった。ただ、呆けてばかりもいられない。話を進めるため、取り敢えず口を開く。

「……ジェスト様、先を続けなくてもよろしいので？」

「……はっ、いや、失礼しました。ええ、ではその……ハーシェル家側の要求として、賠償金を追加いたします」

まあ心証としては最悪だが、要求そのものは可能だ。発言があった以上、司法官としては主張を追加せざるを得まい。

当事者の私ですらきついのに、こんな茶番に付き合わされている面々が気の毒だ。

仕事とはいえ、皆が時間と労力を無駄遣いしている。気付いたら拳を開け閉めして、火球を出したり潰したりしていた。卓の下なので誰も見てはいまいが、私も動揺しているらしい。

手をつけるべき所が多すぎて、何処から片付ければ良いのか迷ってしまう。尻込みする私をウェイン様が促す。

「……クロゥレン家からの反論や質問は無いか？」

「ええ、と……まず最初に。今回の件は元々アキム・ハーシェル殿の負傷を理由に、作品の仕上げをサーム殿が志願した、という流れだった筈です。フェリスはあくまでそちらの求めに応じて侯爵領を訪れ、そして、双方合意の上で契約を結んだと聞いております。その点については誤りはありませんか？　サーム殿」

「合意だなんて！　巧いことを言って、うちの人を騙したに決まっているじゃありませんか！」

「質問はサーム・ハーシェルに対してなされたものだ。セレン・ハーシェルは口を噤みたまえ」

私が止める前に、ウェイン様がセレン女史を遮ってくれた。物理的に黙らせるしかないかと、内心躊躇っていた。

セレン女史は渋々黙り込み、代わりにサーム殿が答える。

「……成人したての職人が仕事を途中で取り上げられたら、困窮するかと思いましてね。身内の依頼ですし、ある程度の責任を取ろうと思ったまでです」

「質問の答えになっていません。仕事の話は貴方から持ち掛けたもので、契約は合意によるものでしたか？」

はいかいいえで答えられる質問だ。それ以外の部分は求めていない。

「確かに、仕事を持ち掛けたのは私です。合意については……私の意思がどうこうと言うより、状況的にそうせざるを得ませんでした」

合意については認めない、か。どう思っていたにせよ、頷いたのならそれを合意と言うのだが。

「何故、受けざるを得なかったのです？」

「父の跡を継ぐのであれば、途中になっている仕事も範疇に含まれると考えたからです。伯爵領内での仕事であれば猶更でしょう」

「……なるほど、解りました」

誤魔化せない事実については、そのまま素直に認めるらしい。当たり前の現実を並べるだけで、簡単に発言を崩せそうだ。

しかし話を詰めようとする前に、我慢しきれなくなったセレン女史から横槍が入る。

「こちらが持ち掛けた話を基に、計画を立てたのでしょう？　そうやって立場の弱い平民のことを、ずっと食い物にしてきたんだわ！」

ふむ、勢いが衰えない。

まあ、そういう意見も出せなくはない。話の大元がサーム殿というだけで、詐欺行為の否定は出来ないだろう。

では、少し切り口を変えてみようか。

「そのように訴えるからには、何かしらの物証があるのでしょうね？　貴女は本件に留まらず、クロゥレン家が日常的に民から不当な搾取をしている、と告発しているのですよ？」

期待感で胸が膨らむ。

今のセレン女史の発言はあまりに迂闊だった。ウェイン様はそれに気付いており、顔を赤く染めている。サーム殿は対照的に、青白い死人のような顔を晒している。

——侯爵家は立場上、判決が確定するまで関係者を保護しなければならない。私もその職務を尊重して、敢えて手を下さずにいる。

元々、無礼討ちをする条件自体は整っていた。詐欺行為を立証できなければ彼らは終わりだ。なのに、セレン女史はいもしない被害者を勝手に作り上げ、話を拡大してしまった。

誹謗中傷と戦う司法官として、また一人の貴族として、ウェイン様はセレン女史を厳しい眼で睨みつける。

「セレン・ハーシェル、慎重に答えたまえ。クロゥレン家が平時より搾取を繰り返して来たと君は主張するのか」

「ええ、勿論です」

胸を張ってセレン女史は応じた。私は溢れそうな笑いを噛み殺す。

「証拠はあるのか」

「私達が証拠です！　こうして被害を訴えている私達こそが、クロゥレン家の罪の証明なのです！」

立証成らず。詰みだ。

ウェイン様とジェスト様が、妙に柔らかい表情を浮かべる。きっと私も同じような表情を浮かべているのだろう。

ファラ殿へ目配せをすると、彼女は軽く頷いて見せた。

こちらとしては、後の確認事項は一つだけだ。

「ウェイン様。今の発言をもって、当方はセレン・ハーシェルを処断する権利を得たと考えますが……判決までお待ちした方がよろしいですか？」

「何を勝手なことを言っているのです、見苦しい！　処断されるのは貴女でしょう⁉」

当たり前の進行をしている筈なのに、彼女の話を聞いていると、どうにも言葉が解らなくなる。騒がしいので、鳩尾に弱めの風弾をぶつけ黙らせてやった。

殺気がこちらに飛ぶ――対応するまでもなく、ファラ殿とジグラ殿がアヴェイラ嬢を床に押さえ込んでいた。ジグラ殿も状況を読んでいてくれたようだ。

ウェイン様は席を離れ、アヴェイラを見下ろす。

「アヴェイラ……どういうつもりだ？　彼らの護衛ならばもう不要だ。クロゥレン家がハーシェル家を処断するのは正当な権利だろう」

アヴェイラ嬢は歯噛みしつつ、反論を探している。

咳払いを挟んで、ウェイン様は床に這い蹲《つくば》ったセレン女史へと歩み寄った。そうして彼女の前で屈み、目線を合わせる。

「……セレン・ハーシェル、君の現状について教えよう。証拠も無しに他者を犯罪者扱いすることは、身分に関わらず不法である。君は我々司法担当者の前で、明確な不法行為を働いたのだ。そして、もしかしたら君も知っているかもしれないが――貴族は平民を罰する権利を持っているのだ。クロゥレン家がハーシェル家を処断したいと言うのなら、それは正当な権利なのだよ」

分別を知らぬ子を優しく諭すように、ウェイン様はゆっくりと語った。滴る唾液を拭うことも出来ず、セレン女史はただ驚いた顔をしていた。それがやがて蒼白になり、全身が震え始める。

ここに至っても、サーム殿に反応は無かった。

「待って、待ってください！　ハーシェル家への詐欺行為が事実であったのなら、先程の発言は不法なものとは言えない筈です！」

アヴェイラ嬢が必死の形相で叫ぶ。

確かに、現状でセレン女史の処断を止められる可能性はそれだけだ。しかし何故、アヴェイラ嬢はこの件に拘るのだろうか。彼女が何の打算も無しに、平民に肩入れするとは思えない。何かすっきりしない違和感がある。

ウェイン様は自席に戻ると、感情を抑えて告げた。

「傍聴人に発言を許可した覚えは無い。ファラ殿、ジグラ殿にはご協力いただき、感謝申し上げる。予定外の案件が発生したが、裁きを続行しよう。本件の主題はあくまでも、クロゥレン家からハーシェル家に対する詐欺行為の有無だ。それについてはこの場で結論を出してしまいたい。さてそれでは、そもそもの問題となったフェリス・クロゥレンの納品物が、どれだけの価値を持つものなのか？　これを明らかにしていきたいと思う」

なるほど、詐欺行為に当たるかどうか、物品の価値と提示価格からまとめていくと。私は契約に関するハーシェル家の立ち回りから攻めようとしていたが、そちらもありだな。どちらの道を辿ろうと結論は既に出ているのだろうが、ようやく後半戦というところか。

溜息をつく。

この茶番がどう決着するのか、半ばどうでも良くなってきている。

難癖の根元

「ガズル、入って来い」

ウェイン様の呼びかけに応えて入室したのは、背の低い年老いた男だった。右足を引きずりながら三卓の間に移動すると、そこで腰を曲げ身動きを止める。

ウェイン様はガズル殿の椅子を用意させ、説明を始めた。

「ガズルは当家で鑑定士をしている者の一人で、中でも刀剣類への造詣が深い。包丁ということで多少勝手は違うかもしれないが、判定に不足は無いだろう」

「いやどうも、ご紹介に預かりました、ガズル・チェイルです。わたしゃ足が悪いんで、座ったまま失礼しますよ。お話はあったかと思いますが、今回はフェリス殿の作品に値付けをするお役目を賜りました」

一気に話すと、額の汗を拭う。緊張しているというより、単純に体を動かして疲れているらしい。

ジェスト様が水を渡すと、喘ぐように飲み干して息をついた。

「っぷはあ、いや失敬。じゃあまずご説明させていただくと、今回の訴えがあった時点で、ウェイン様は問題の包丁を確保しとります。なので、訴えの前に何らかの工作をされてない限り、これがフェリス殿が手をかけた包丁そのものってことになります」

彼は懐から白い包みを取り出すと、膝に置いて恭しく中を開く。

「素材が魔核であるってことは確認済みです。それと、伯爵領のバスチャー殿がサーム殿に宛てた便りに、包丁の概要がありました。なのでまあこれがフェリス殿の作品で間違い無いと、わたしゃ判断しました」

両手に手袋を嵌め、包丁を全員に掲げて見せる。フェリスが手を加えたのか、伯爵領で見た時とは微妙に変わってはいるものの、あの拵《こしら》えには覚えがある。すり替えを行う暇は無かったようだ。

ガズル殿は包丁を眺めながら、満足げに笑う。

「さて、こいつの評価ですが……聞けば刀身の部分はサーム殿がやるってことで、ろくに手はかけていないとか」

「その通りです」

私は素直に答える。ガズル殿は目を細めて頷く。

「じゃあ柄の部分がフェリス殿の仕事って訳だ。柄の部分だけで判断するなら、これは良い仕事をしてる。アキム殿の手に合わせたであろう窪みに、滑らないような工夫も凝らしてあって、到底若手の仕事とは思えません。使い手のことをよく考えてなきゃ、こうはならない」

侯爵家の鑑定士に褒められるだけの出来映えか。フェリスも職人としてちゃんと成長しているようだ。

ガズル殿は柄を爪で叩き、涼やかな音を立てる。そうして調理をするような素振りで、包丁を握って上下させた。

「うん、良い出来ですな。包丁にはまだなっていない代物ですが、魔核をここまで育てる手間と、柄の出来だけで判断するなら……二十七万てとこですか。個人的にはこれが最低限の線引きだと思いますね」

「た、たかが包丁に、そんな値段なんて」

呼吸が苦しいのか、セレン女史は掠れた声を上げる。これも失言だな。

誰もが溜息をつき、ガズル殿は大袈裟に嘆く。

「たかが、たかが包丁ときましたか！　ウェイン様、セレン様へ基本をお教えしても？」

「……許可する」

「では失礼。奥さん、アンタ一体何年職人の妻としてやって来たんです？　モノには使い易さだとか美しさだとか色んな価値があって、そういう価値を高めて金に繋げるのが、職人の仕事であり腕なんだよ！　優れた品には相応の値段がつくんだ、旦那の業《わざ》で食ってるってのに、そんな当たり前のことも解ってなかったのか！」

俯いていたサーム殿が、その嘆きに小さく頷いた。その仕種《しぐさ》で察する。

——この人は、既に対応を諦めている。

真っ当な感性の持ち主なら、状況がどんどん悪化していることは解るだろう。しかし、サーム殿はセレン女史を諌めることもせず、ただ流れに身を任せている。死を目前にして、焦るでもなく逃げるでもなく……かといってこちらを糾弾する様子も無い。

いや、何処かで何かがずれている。サーム殿からはクロゥレン家を糾弾する言葉を聞いていない。

……そうだ。そういえば、サーム殿からはクロゥレン家を糾弾する言葉を聞いていない。

サーム殿はこちらを敵視している訳ではない、のか？

考え込んでいると、ウェイン様がガズル殿の説教を止めた。

「ガズル、一旦その辺で切り上げてくれ。取り敢えず、フェリス・クロゥレンの腕前が優れていることは、これで証明されただろう。ミルカ・クロゥレンから何か質疑はあるか？」

「……はい。クロゥレン家当主として、私はフェリスに対し包丁の値を相手につけさせるように命じました。サーム殿はそれに対し幾らを提示したのでしょう？」

私の問いに、セレン女史は目を剥いてサーム殿を見上げる。その反応は一体なんだ？

呼吸困難から回復しきっていないのに、セレン女史は自身の体を気合だけで引き起こし、私を睨みつける。

「……どういう、こと？」

嘘はついていない、本気の顔だ。ジェスト様が首を捻る。

どうして今更そんな質問がと考え、あまりに馬鹿げた可能性に気付いた。

もしかして、彼女は契約の流れを知らなかったのか？

「どうもこうも……値付けはサーム殿が行ったことです。価格交渉などしていません」

こちらで値付けをしていないのに、どうやって詐欺行為に繋げるのか――こちらを悪としたいなら、相手は絶対にここで仕掛けて来る。この点を突破するため、契約関連の詳細を攻めることこそ、私が為すべきことだと思っていた。

ところがこの反応から察するに、セレン女史は事実関係を把握していなかったようだ。

まあ今までの態度からして、サーム殿に話す暇を与えなかったとか、そんな理由だろう。

ともあれ、どうしてあも強気で嘘が言えるのかと思ったら、前提が違っていた訳だ。

彼女は目に見えて解るくらい、みっともなく動揺していた。

「そんな、そんな筈はありません！　あの子供が、フェリス・クロゥレンが、不当な金額をサームに要求したんです！」

今更後には退けない。訴えた側が値付けの事実を否定出来なかった時点で、この裁きは終わる。

セレン女史の必死の発言に、誰も耳を傾けなかった。ウェイン様の視線がサーム殿へ向けられる。サーム殿の青白い顔に、初めて朱が差した。

「セレン、もう良い。話せなかったのは俺の落ち度だ」

どうやら覚悟が決まったらしく、サーム殿は机に腰掛けて足を組む。そうして周囲を見回すと、胸を膨らませて大きく息をついた。先程までとは打って変わった態度に、誰もが困惑している。

「処断は避けられないんだろ？　取り調べで疲れてるんでね、ここからは好きにやらせてもらうよ」

「……どうぞ。今更そこを指摘するつもりはありません」

「ありがたいね。ところで質問には全部答えるつもりだが、そっちも俺の質問には答えてくれるのかい？」

「特に隠すことはありません。全てお話しすると御約束しましょう」

割り切ったらしいサーム殿が、一気に事を進めようとする。しかしセレン女史はまだ、自分の命を諦められない。

「なんで、どうしてそんなことを言うの！　貴方は騙されたんです！　貴方とあの子との契約にはおかしな点があるって、侯爵家の方も言ってたじゃないですか！」

……今、酷く気になる発言があったな？

各々が各々の顔を見回し、やがて——アヴェイラ嬢に視線が集まる。サーム殿は気の抜けた調子で語る。

「そう、そこを聞いて死にたいんだよ。別に大口の契約でもないのに、あの仕事は侯爵家から直々に止めが入った。ありゃ何だったんだ？」

「……なんだと？　私はそんな指示は出していない。ジェストは？」

「出しませんよ。それはいつのことです？」

「セレンが侯爵家に訴え出る直前だな。家の金を勝手に動かした俺が悪いんだが……セレンはそれで詐欺があったと思い込んだんだ」

それが本当なら、話が大きく変わって来る。容疑者と犯罪者は別物だが、司法関係者が不審だと言えば、黒だと捉える者もいるだろう。まして領主一族からのお達しとあらば、気持ちが先走ってもおかしくはない。

そこを最初に教えてくれれば、もっと展開は楽だったのに。

「何故、今になってその話をしようと？」

サーム殿はだらしなく首を曲げ、浮かれたように肩を揺らす。

「どうせ死ぬなら、すっきりして死にたいじゃないか。話を戻すが……取引を止められた時、俺は侯爵家と子爵家が敵対してるのかと思ったんだ。金が無くて、俺はあの包丁に二十三万しか出せなかったのに、侯爵家の家臣がわざわざ介入してきたからな。フェリス君の動向を監視してない限り、そうはならないだろ？」

それは確かにその通りだ。

そうして——不自然な流れに巻き込まれ、サーム殿は対応に苦慮したという。両者が対立しているのなら、どう動いても片方の貴族が敵になる。その恐ろしい状況下で、セレン女史は夫の話を確認もせず、侯爵家へ訴えを起こしていた。

侯爵家の動きは早く、身柄を拘束され、逃げることすら叶わない。

挙句に妻は裁きの場ででっち上げと根拠の無い糾弾を繰り返し、更には己の仕事を否定する。打つ手を失い、心を折られ、サーム殿はようやく開き直ることが出来た。

「まあ、始まってすぐ違和感には気付いたよ。想像と違って、侯爵家と子爵家は敵対していないように見えた。だから尚更解らなくなった訳だが……」

「ウェイン様でもなければジェスト様でもない。なら残るは一人でしょう」

全員がアヴェイラ嬢を見下ろしている。痛みに顔を顰めながら、彼女は笑って唾を飛ばす。

「フェリスが詐欺行為をしたなどとは言っていません。その疑いがあるから、調査が済むまで作業を止めて欲しい、とお願いしたまでです。法に触れる行為ではありません」

「なるほど、尤もらしいことを言いますね」

詐欺行為をしていないのだから、捜査が進む筈が無い。そうして足踏みを続けていれば、フェリスはここでの仕事が出来なくなる。或いは証拠を改竄して、犯罪者に仕立て上げる道を狙っていたか？

いずれ小賢しいことを考えたまでは良いが、アヴェイラ嬢は護衛に回され、調査には加われない形になった。

これが平民同士の争いであれば、ウェイン様も彼女に与したのかもしれない。ただ、今回は被疑者が貴族だ。証拠も無しに動けないことくらい、侯爵家は理解していた。

格下だからと強引に動いたアヴェイラ嬢だけが、見事に穴へと嵌った訳だ。

とはいえ本人の言う通り、行為そのものは犯罪ではない。それが解っているからか、アヴェイラ嬢はまだ何処か強気な表情をしている。

私は嘆息し、ウェイン様に判断を仰ぐ。

「どうなさいます？　侯爵家による誘導があったようですが……」

「……申し開きも無い。早急に内部を調査するため、少し時間をいただきたい。もし希望があれば、クロゥレン家も取り調べに同席して構わない」

「然様ですか。ひとまずハーシェル家の処断については、保留といたします。まだ判断を下すには早いようですから」

「ご迷惑をおかけする。……おい、ハーシェル家を一度別室へ連れて行け」

配下の者が呼びかけに応じ、二人を取り囲む。セレン女史は強引に引き摺られ、何やら金切声を上げていたが、サーム殿は落ち着いたものだった。こちらへと目礼し、自力で歩いて去って行く。

……まあこれなら、フェリスの希望に沿う形に出来る、か？　侯爵家の圧力が理由なら、酌量の余地はある。

残るはアヴェイラ嬢だ。

私は膝をつき、組み伏せられている彼女と視線を合わせる。

意識して微笑みつつ、どうしてやるのが正解かと、私は思考を巡らせる。

決着

犯罪者ではないからといって、手出しが出来ない訳ではない。むしろ方法は幾らでもあり、全員が納得する形で相手を殺すことだって可能だ。私はアヴェイラ嬢の稚気を、微笑んだまま迎え入れる。

「さて、質問に答えていただこうかしら？」

「……その前に、私は犯罪者ではありません。このような拘束を受ける謂れなど無い」

這い蹲ったままでも、気持ちが折れていない。こんなにも敵意を率直にぶつけられることは、あまりに久し振りだった。楽しめそうな空気に心が躍る。

こんな良い子にはご褒美が必要だ。

「裁きの場で、貴女が未熟な殺気を垂れ流すからでしょう。ファラ殿、ジグラ殿、このお子様を解放しても構いませんよ。話しにくいので」

「よろしいのですか？」

ジグラ殿が油断無く構えたまま、私に問う。私はどうぞとお返しする。こちらの準備は万端だ。攻めるも守るも術式は組み終わっており、魔力にも余裕はある。

アヴェイラ嬢は裾を払いながら立ち上がると、抜剣出来る体勢で私に向き直った。双眸が血走り、怒りに燃えている。

酷く滑稽に見える。

既に負けの決まっている人間が、それに気付かず勇んでいるだけだ。悪足掻きにもなっていない。

内心の昂ぶりを押し隠して、私はゆっくりと尋ねる。

「ではお聞きしましょう。先程貴女は傍聴人でありながら、ハーシェル家に同調する言動をしましたが、何故あちらに味方していたのです？」

「フン、値付けの話は初めて聞きましたからね。窮した貴族が平民から搾取することはよくある話ですし、またそういう事例かと思っていたまでです。それともう一点、平民の彼らでは、貴族家の当主である貴女の口先に丸め込まれる可能性があります。公平な裁きを執行するためにも、彼らが主張したいことを、臆さず代弁する存在が必要だと判断しました。以上、ご理解いただけましたか？」

アヴェイラ嬢は嘲りを隠しもせずに笑って見せる。

部外者が公平性の担保とは——自分がどれだけ愚かな真似をしているか、やはり理解していないらしい。

「……ウェイン様、極めて基本的なことを問いますが、そもそも傍聴人は裁きに介入する権利を有しているのですか？」

苦《にが》り切った顔で妹を睨みつけていたウェイン様が、舌打ちとともに首を振る。

「こちらから何か意見や物証を求めた場合は別として、傍聴人はあくまで裁きを傍聴することを許された者でしかない。当方は一貫して、アヴェイラ・レイドルクに発言を許していない。……裁きまでの間、護衛を勤めたことを思えばこそ同席を許したが、これについても当家の落ち度であった」

ウェイン様は卓に両手をついて、深く頭を下げた。ジェスト様もそれに倣う。

「レイドルク家は今回の裁きにおいて、著しい不利益をクロゥレン家に与えた。重ねてお詫び申し上げる」

圧倒的に格が上で、かつ司法官という誤りの許されない立場の者達が、非を認めたことの意味は大きい。

慌てたようにアヴェイラ嬢が叫ぶ。

「何故謝罪をするのです⁉　私は間違っていない！　クロゥレン家に媚びへつらう理由などありません！」

「もう黙れ、アヴェイラ。お前の発言は、最早言いがかりで済むものではない。代弁などと気取ったところで、証拠が無ければそれは誹謗中傷でしかないのだ。司法に長く携わりながら、そんなことも解っていなかったのか……」

痛恨の極み、といった調子でウェイン様が項垂れる。法ではなく武に生きてきたとはいえ、妹が家業についてまるで理解していないとは思わなかったのだろう。彼が思っている以上に、アヴェイラ嬢の貴族としての程度は低かった。

人には相応しい立場がある――そういう意味で、ジィトやフェリスは己を弁えていた。侯爵家に与えられた職務は、正直頭の良い人間でなければ務まらない。やるべきことを、やるべきことなのだと自覚出来ない人間は、家業から切り離すべきだったのだ。

「……と、いう訳です。己の愚かしさを理解しましたか？」

素直に謝罪し身を引けるなら、話はここで終わる。ただ、そう出来るのならこうはなっていないだろう。

私は身を斜めにし、溜め込んでいた魔力を少しだけ解放した。ファラ殿とジグラ殿に目線を遣り、彼女らの動きを制する。

来る――アヴェイラ嬢の手が細剣へと伸びた。

「私は、間違って、いないッ」

抜剣。しかし、来ると解っている抜き打ちなど物の数ではない。迫る刃に炎壁を合わせると、細剣は呆気無く溶け落ちた。不意に失われた武器を手に、アヴェイラ嬢は目に見えて狼狽える。

反応が手緩《てぬる》い。フェリスなら防御を突破出来ない時点で、次の策へと移っただろう。新成人の中では随一の強者という話ではあったが……。

「頭が悪い。視野も狭い。攻撃がありきたり」

敢えて距離を詰め、前蹴りを放つ。柄だけで受け止められる筈も無く、アヴェイラ嬢は後ろへと押される。

これは単なる挑発だ。魔術師相手に体術を許せば、絶対に正気ではいられない。

「くっ、ふざけるなァッ!」

怒りとともに、風術による刃が生成される。しかし、それも稚拙なものだ。

一睨みで魔術の制御を奪えば、吹き荒れる風によってアヴェイラ嬢は腕を弾かれた。姿勢が崩れた相手へともう一歩踏み出し、踝《くるぶし》を蹴って転がす。

取り敢えず総論として。

「武術も魔術も弱すぎる。話にならない」

途中からそんな気はしていたが、がっかりだ。これでは遊び相手にもならない。

確かに強度のみを挙げれば、話題に出る程度のものはあるのだろう。とはいえそれだけだ。評価する点は何も無い。

「武人を名乗れるだけのものは何一つとして持っていませんね。近衛として起用するのは、私ならお勧めはしません」

「ぐ、ク、あ……ミルカ・クロゥレェエンンッ！」

私の発言に、アヴェイラ嬢は柄を捨て、素手で飛び掛かって来た。今度は魔術の行使すら無い。

嘆息する。貴女の最善は、全力で逃げることだったのに。

準備していた炎の網が、アヴェイラ嬢の四肢を容赦無く絡め取る。高温に焼かれ暫くは悲鳴が上がっていたが、やがてそれも消えていった。

命までは取らない。彼女をどうするかは、侯爵家の裁量を待つ必要があるだろう。

私は魔力を鎮め、平時へと意識を戻す。

「……いやはや、お見事な業前ですな。ただ『王国の至宝』を前にしては、現役の近衛兵でも死を覚悟せねばなりません。アヴェイラの出来はさておき、貴女が圧倒的過ぎることも自覚していただきたいものです」

ジグラ殿は苦笑いをしながら、気絶しているアヴェイラ嬢を縛り上げた。機を逃さずに事を済ませる——思いの外手際が良い。

強度的な面で彼を侮ったことは否定しないものの、人材としては優秀なようだ。相手に反撃を許さないよう、仕事をきっちりこなしている。

私はジグラ殿の評価を改める。

「本気の貴方が相手なら、私ももう少し楽しめたでしょう。……さてウェイン様。こういった形になってしまいましたが、アヴェイラ嬢のことはどうされますか？」

あんなにふくよかだったのに、今のウェイン様はすっかり疲れ果て、妙に縮んで見えた。彼は重たい息をつくと、ようやくといった様子で返答をする。

「……判断の前に、一応確認させていただきたい。被害に遭ったクロゥレン家を差し置いて問うのもなんだが、近衛はまだアヴェイラを必要としているのだろうか？」

王族を守る要職に彼女を置くのは、流石に無理があると思うが……近衛が人員不足だと言うのであれば、使い潰すという道も一応ある。

ジグラ殿は言葉を呑み込んで、ファラ殿を見遣る。ファラ殿はゆっくりと首を横に振った。

「ジグラ、貴方が判断なさい。私はこの件の関係者だ。客観的な立場にいて、責任者でもある貴方が決めるべきです」

更に続けるなら、去り行くファラ殿が人事を左右すべきではない。

ジグラ殿は少しだけ考えて、ウェイン様を真っ直ぐに見据えた。

「ウェイン・レイドルク様。一度成された決定を翻す形となってしまいますが、王国近衛兵隊は、アヴェイラ・レイドルクの採用を見合わせます。今回の滞在でかかった費用につきましては、後程請求をお願いします」

「いや、構わない。全てはこちらの不手際が招いたことだ。むしろ、長い時間をかけて人材を求めながら、割を食うことになったのはそちらだろう」

ウェイン様は、何処か緊張から解き放たれた顔をしていた。足掻いたところで何も好転しないことを、よくよく理解しているようだ。ここに至っては、非を認めて謝罪に努めるしかない。

そう、この態度こそが――アヴェイラ嬢に欠けていたもの。

こうして素直に頭を下げ、償うべきを償う。それだけで、事は済んでいたのに。

自分の席に戻り、ウェイン様は背もたれに体を預ける。一瞬目を瞑り、前髪をかき上げると、深い溜息をついた。力の無い微笑が一瞬だけ浮かぶ。

「さて、そうなれば……賠償について決めねばなるまいな。まずアヴェイラの個人資産は全て没収の上、クロゥレン家へ引き渡すこととする。現金だけではなく武器や防具の類もあるので、売却か配送かは後で指示していただきたい」

「畏まりました」

フェリスの損害を差し引いたら、後は全て配送にしてしまおう。守備隊の備品を増やしておくのも良い。

稼ぎとしては悪くないと考えていると、ウェイン様は絞り出すように続ける。

「それと……具体的な刑罰についてだ。私情に駆られ、他家の当主を殺害しようとした罪はあまりに重いと考えられる。アヴェイラには死罪が適当だろう」

死罪とは少し意外だ。

量刑としては妥当だし、私でも同じ判断を下すだろう。しかし侯爵はアヴェイラ嬢を溺愛していると聞く。当主不在の状況で、ウェイン様がそこまで踏み切るとは予想しなかった。

その決定で本当に大丈夫だろうか?

「子供の癇癪に過ぎませんので、私への殺意は考慮せずとも構いませんよ」

「いや……貴族に無礼を働いたハーシェル家は処断され得るのに、原因となったアヴェイラが死罪を免れるのでは、流石に釣り合いが取れない。これは当家が教育を誤ったことによるもので、ミルカ殿が気を遣うことではない」

「そういう訳でもないのですが……」

あまりに小者過ぎて、興味が失せただけだ。資産だけ貰って手を引きたいという方が正しい。

ウェイン様は暫くこちらの顔色を窺っていたものの、やがて話をまとめにかかる。

「それでは判決を下す。まず、ハーシェル家の訴えについては、サーム・ハーシェル本人の自白もあるため棄却する。また、当日の状況を調査すべく十日間の期間を設け、その後クロゥレン家へと身柄を引き渡すこととする。アヴェイラも同じだけの期間尋問をするが……こちらについては終わり次第、死刑に処す。ただし、クロゥレン家が別の量刑を希望する場合、侯爵家はその判断に従う」

なるほど。十日やるから、誰を手駒にするかを決めろと。

ウェイン様なりに私へ忖度しつつ、アヴェイラ嬢を生かそうとした結果なのだろう。取り敢えず、レイドルク家は法に沿った結果を提示した。

全くの結果論だが——悪い選択肢ではない。フェリスとレイドルク家に貸しを作りつつ、こちらの希望を通せる形だ。

強いて問題を挙げるなら、サーム殿以外は不要だということくらいか。

まあ、上位貴族にしてはかなり譲歩している。フェリスに関しては、これで手打ちとしても良いだろう。

私は意図的に姿勢を正し、一礼した。

「公正な判決に感謝いたします。尋問については、明日以降改めて」

「解った。後で担当を部屋にやるので、尋問の際は声をかけて欲しい。では各自、控室へ移動だ。解散！」

拘束されたままのアヴェイラ嬢を、家人が雑に引き摺って行く。

彼女を見送った後、ジェスト様が私へと歩み寄り、そっと小声で囁いた。

「本日はありがとうございました。……フェリスの所へ、戻りましょう」

「そうですね。行きましょうか」

並んで部屋を出る。

面倒なことばかりで、酷く疲れてしまった。

外はすっかり暗くなっていた。

レイドルク家の次男坊

真夜中。家人の大半が寝静まる頃合い。

看守に食事を取るよう指示を出し、見張りを交代する。特に怪しまれた様子は無く、彼は休憩を単純に喜んでいるようだった。その姿が奥へと消えるまで待ってから、呼吸を整えて、独房への階段を下りていく。

時間的な猶予は無い。それでも、検証する。

階段から独房までの距離を測る。壁と廊下の角を利用しながら、標的を観察出来る位置を探る。武器を自由に扱えるだけの空間があるか、それとなく動いてみる。

まだ本番ではない。まずはじっくりと、やり遂げられるかどうかを確かめるのだ。

独房の扉には看守が話しかけられるよう、小窓がついている。今回はそこを敢えて塞いでいないため、呼べば相手も顔を出すだろう。

想像する。

声をかける。外の様子を窺うため、相手が小窓に顔を近づける。そこを目掛けて全力の一撃を放つ。

もしも、外してしまったら？　外したら次は無い。失敗の許されない環境において、成功をより確かなものにするため、何度だって検証する。

可能性を上げるため？　いや、自分の不安を薄めるために。己の身の丈は弁えている。今になって虚勢を張る必要も無い。

大きく息を吸う。

きっと大丈夫だ。必要なだけの力は手に入れた。だから後は、取り乱さずに自分が事を進められるかどうかだ。

この時のために装備を整えた。

この時のために魔術を教わった。

この時のために――異能を隠し続けた。

ただ一度、本気で相手を殺すため、足掻き続けた時間は長かった。だがそれも、もうすぐ終わりを迎える。

全ての条件は整った。後は、検証を終えるだけ。

◇

まともに意識を保てるようになった時には、裁きから三日経っていた。まあ、ミル姉が出て負けることも無いとは解っていたし、予想通りに勝ったようだ。

ただ、精神的にはやはり疲れが出たようで、何処となくミル姉の顔色は悪い。

「面倒をかけたね」

「全くね。得る物があったのは良かったけれど」

「それは何より。因みに尋問の方は？」

「全然。アヴェイラ嬢の治療がまだ終わってないからね」

それは要するに、加減を間違えたということではないだろうか。

まあ……過ぎたことだし、アヴェイラから話を聞けなくとも大勢に影響は無い。得られた結果には満足している。

俺は無罪を勝ち取り、賠償金を得た。組合におけるハーシェル家の評価は地の底に落ちたが、腕と命は残っている。ミル姉はレイドルク家に対し、ある種の優位を得られた。

文句無しとは言わないまでも、我慢した甲斐はあっただろう。

俺は未だ残る眩暈を堪えながら、溜息をつく。

「しかし……アヴェイラに死罪を下すとはね」

そうなるだけのことはしているが、何だかんだで甘い裁決になると思っていた。アヴェイラにはまだ使い道があるし、ウェイン様は見切りが甘い印象だったからだ。

俺の言葉に、ミル姉は欠伸を噛み殺しながら応じる。

「私も意外とは思ったけど……上位貴族ともなれば、冷静な判断は必要でしょう？」

「確かにそうかもな。ただ、アヴェイラが邪魔なのは本当だとしても……判決を下すのはウェイン様であって、俺らに決定権は無いだろ？　ミル姉だってアイツのことはどうでも良かった訳だし、その状況なら生かそうとしないか？」

ミル姉は苦笑いを浮かべながら、窓の外を見遣る。

「正直、そうね。でも多分、ウェインド様にはあれ以外の遣り様が無かったのよ。レイドルク家から離籍している以上、家には戻せない。近衛も受け入れを拒否している。じゃあ他に残っているのは？」

「うちしか無い、か」

俺に権限があれば断固拒否だが、客観的に見れば選択肢はそれしか無い。なるほど、家から切り離しつつ彼女の命を繋ぐため、結論をこちらに委ねたと。

若くて見目が良く、強度も高いとなれば欲しがる人間は絶対にいる。彼女の尊厳がどうなるかはさておき、うちは仲介をするだけで、それなりの利益が出せる筈だ。

やはりウェイン様は切れる。判決までの僅かな時間で、求める可能性が少しでも残るよう考え、立ち回ったのだろう。

素晴らしい――最後の最後、重要な点を見落としてさえいなければ。

今後の展開を想像する。ほぼ間違い無く、ウェイン様の狙いは達成されない。アヴェイラが排除されるこの時を、ずっと待っていた者がいるからだ。

黙り込んだ俺を訝り、ミル姉がこちらの顔を覗き込む。

「どうかした？」

「……ミル姉、頼みがあるんだ」

「内容によるわね」

言外で面倒はご免だ、と告げながら、ミル姉は俺の返答を待つ。

「難しいことじゃない。アヴェイラの処遇をどうするか、ウェイン様に話すのを出来るだけ先送りしてくれ」

「領地に帰らなきゃいけないから、そこまで長く引っ張れないんだけど……」

「そこを曲げて頼む。これはジェストの将来のために、絶対に必要なことなんだ」

周囲の気配を探る。扉の外にファラ師が控えている――内容が内容だけに、ミル姉以外に聞かれる訳にはいかない。

風術で遮音しようとして巧く行かず、そんな俺に呆れたミル姉が、あっさりと部屋を魔力で覆った。

「まだ魔術は無理でしょう。……で、待てば何がどうなるの？」

「簡単だ、もうすぐジェストがアヴェイラを殺す。契約不履行となれば、ミル姉にも得があるだろう」

獲物は重傷を負い、更には拘束されている。ジェストが動くなら絶対に今だ。

ミル姉は俺の発言に目を見開くと、黙って先を促す。

「もうずっと前から、ジェストはアヴェイラを殺す機会を窺っていた。平時なら身内を殺す訳にはいかないとしても、今なら条件が揃っている」

何せ相手は死罪を申し付けられているのだ、殺したところで言い訳が立つ。貴族として身内の恥を雪ぐため、とでも誤魔化せば、他家の人間も強くは出られない。この絶好の機会を逃す手は無いだろう。

ただ、ミル姉にとってはいまいち納得し難い内容だったらしい。

「確かにそうね。でもどうして、ジェスト様はアヴェイラ嬢を殺したがってるのかしら？彼女がいないと、レイドルク家の武力には不安が残るんじゃないの？」

「それはそうだ。でもな、腕はあっても頭の悪い女があの調子で動き回ったら、後始末が必要になるんだよ」

そうだ、後始末だ。一瞬遅れて、ミル姉は状況を正確に読み取る。

「……ああ。じゃあジェスト様は、レイドルクの暗部だったんだ」

俺は頷く。

別に難しい話ではない。

ある所に気の優しい兄と、才能溢れる妹がいた。誰もが妹の才を褒め称え、世に並ぶ者無しと持て囃した。そんな日々が続いた結果、彼女は暴力と権力を知り、他者を踏み躙るようになっていった。頭も聞き分けも良い兄は、周囲からの言いつけもあり、そんな妹の尻拭いをする羽目になった。

普通なら、誰かがアヴェイラの道を正しただろう。でも、そうはならなかった。

ミル姉の言った通り、レイドルク家は武力の面で不安を抱えている。彼らが面子を保つためには、アヴェイラという旗印が必要だった。

下らない拘りだ。

アヴェイラは増長し、多くの人間を傷付けた。そして当たり前に、人の恨みを買った。家に傷を付けないためだけに、やりたくもない殺しを、ジェストはどれだけ続けてきたのだろう。

「……ジェストももう楽になっていい筈だ。状況が許すなら、本人に決着をつけさせてやりたい。アイツに猶予をやりたいんだ」

ミル姉は眉間を揉みながら、返答を考えている。

「彼が失敗しても別に不利益は無いし、やらせてあげるのは構わない。ただこうしている内にも、アヴェイラ嬢の治療は進んでいる。仕留めるだけの策はあるの？」

その疑問はご尤も。しかし、それについては織り込み済みだ。

「あるだろう。殺すための業は仕込んだし、このために何年も費やしてるんだ。どうにか出来ない方がおかしい。それに、アイツ以上の狙撃手を俺は知らない」

「アンタがそこまで言うのなら、腕はあるんでしょうね」

無論だ。加えて——敢えて口にはしないが、ジェストの異能は対アヴェイラに特化している。機を待っていただけで、ジェストはアヴェイラに劣るものではない。

だから、今一番アイツが困ることは、ミル姉がアヴェイラの処遇を決めてしまうことだ。引き取るにせよ処刑するにせよ、回答をすれば侯爵家が動いてしまう。

そして、懸念事項は後もう一つ。

「知ってたら教えて欲しいんだが、侯爵本人は何処で何をしてるんだ？　最近見てない気がするんだが」

「ああ、中央に行ってるらしいわよ。私も詳しくは聞いてないけど、大角以外にも人工的に弄られた魔獣が何体か見つかってるみたいね。調査要員を確保しに行ったたって話だから、まだ当分は戻らないでしょ」

ならば、当主からの横槍は入らないものと思って良いか。

判決を翻されることは無いとしても、当主がジェストやウェイン様に余計な指示を出して、場が読めなくなることは避けたかった。

これなら、俺が手助け出来ることはもう無いだろう。後はジェスト本人が地力を発揮するだけだ。

「そうか。なら……後はミル姉の意向次第と。アヴェイラを手元に置くつもりは？」

「特に無いわね。使えなくはないけど、欲しい人材ではないでしょう？　なら、ジェスト様の希望を叶えさせる方が、私としては意味があるかしら」

ジェストというより、俺の希望を汲んでくれた、という方が正しいな。

「ありがとう。色々仕事もあるのに悪いね」

「まあ、今後の流れには興味もあるしね。ただし、後でアンタに何かしら発注するから、その時は無償でよろしく」

「魔核さえあれば、手間賃はいいよ」

俺の返答に、ミル姉が歯を見せて楽しげに笑う。

それで済むなら安いものだ。注文の一つや二つ、こなしてみせますとも。

だからジェスト——どうか巧くやってくれ。

本音

何が正解だったのかを、ずっと考えている。

父が不在の間に、レイドルクは破綻してしまった。俺の立ち回りが間違っていたのか、それとも、最初から避けられないことだったのか。

考えたところで答えが出る筈もなく、ただ、同じことを繰り返し思い返している。

俺は何処で躓いたのだろう。

解らないまま、器に注いだ酒を舐める。ねっとりとした舌触りと強い酒精が、少しずつ俺から正気を剥ぎ取っていく。宴でもなければ酒を口にはしてこなかったが、なるほど、嫌なことがあった時は飲むに限る。

正気になれば、また同じことをきっと考えてしまうから。

そうして家人を部屋から追い出し、一人食堂で酒を舐めていると、ミルカ殿が姿を現した。

「あら、失礼しました。休憩中でしたか」

「構わん。寝るには早いし、少し持て余していた。……伯爵領の果実を漬けたヤツだ、甘いのが苦手でなければミルカ殿もどうだね」

「……では失礼して、いただきます」

ミルカ殿が隣の椅子に座ると、花のような体臭が鼻をついた。

鈍る思考をどうにか保ち、酒を適当に水で割って差し出す。

「まあ最初はお試しだ。後は好きにやってくれ」

「ありがとうございます」

盃を掲げ、打ち合わせる。涼やかな音を響かせてから、互いに酒を口に含んだ。ミルカ殿は味を確かめるべくしばし唇を閉じていたが、やがて一息に飲み下す。

熱の混じった艶のある息が、ほう、と吐き出された。

「普段、酒は嗜まれるのかな?」

「時々ですね。嫌いではありませんが、魔術に影響しますので」

「なるほど、慎重だな」

「いえ、臆病なだけです」

当たり前のように笑う。あまりに自然で、そして美しい。魔術に留まらず、その佇まいだけで至宝を誂えるだろう。

どうしようもなく欲しいと思った。立場のある者にはそれに見合った伴侶が必要だ。彼女なら――俺に相応しい。

　知らず、食卓の上に置かれた手を握っていた。一瞬驚いたようでも、強く拒絶するようなことはなく、彼女は困ったように眉を寄せる。

「私が来る前から、かなり飲まれていたのですか?」

「そうでもないさ、潰れる訳にもいかんのでな。……ミルカ殿、茶番に付き合わせた以上、君には何らかの形で報いねばならんと思っているのだよ」

　震える指先がミルカ殿の手の甲をなぞる。真っ直ぐな視線が、こちらを窺っている。酒を飲んでいるにも拘わらず、やけに唇が渇いた。

　聡明な彼女ならば理解している。身分の差がある以上、拒絶などあろう筈がない。状況は明確だ。むしろ彼女から口にすべきこと。

「……盃が空ですよ」

　空いた手で、ミルカ殿が酒のお代わりを注いでくれる。片手で不安定だった所為か、かなりの量が入ってしまった。予定より深酒になりそうだが、自分が招いた結果だ。これは甘んじて受け入れる。

　お代わりをまた口に含むと、舌先が痺れるような感覚が徐々に広がっていく。飲み過ぎだろうか?　いや、もう構うまい。明日のことなど知らぬ、多少くたびれていたところで、最低限の仕事は出来る。

「ミルカ殿も、もう一杯どうだ？」

「いただきます」

今度は酒を割らずに、彼女も盃を片付ける。白い頬に朱が差して、美貌が輝いて見える。

何とそそる女だ。

ミルカ殿は目を優しく細め、薄い唇から掠れた声を漏らす。

「ゆっくり楽しみましょう、夜はまだ長いのですから」

◇

ジェストがアヴェイラと対峙する際は、周囲の足止めをしなければならない。その中でも、特に邪魔になりそうな人物は二人――ウェイン・レイドルクとファラ・クレアスの両名だ。ウェイン様はジェストの指示を聞く立場ではないし、ファラ師は力づくが通用しない。

だから、状況を制御してやる必要がある。

ミル姉はウェイン様を抑えにかかった。ならば俺の役目は、ファラ師を説得して引き込むことだろう。彼女は俺から離れるつもりは無いようだが、今後を考えれば、クロゥレン家のやり方を理解してもらった方が良い。

そして、従者に就こうなどという意識を改めてくれれば、なおのこと良い。

ファラ師は優秀な手札ではあるものの、あまりに強力かつ目立ちすぎるため、俺に付けても旨みが無い。どちらかと言えば、クロゥレンの家臣として動いて欲しいというのが本音だ。

そこまで誘導出来るかはさておき、今はジェストの支援に努めよう。

何故か部屋の前でずっと控えているファラ師を、中へと招き入れる。今にも跪きそうな雰囲気があったので、ひとまず手近な椅子を勧めた。

「どうなさいましたか？」

「いや……ちょっと聞きたいことがあったんですが、そんなに畏まらなくても」

「ですが、従者ともなれば立場上そうはいきません」

「まだ従者ではないでしょう。というか、お互い疲れるだけですし、喋り方くらいは戻しませんか？」

ファラ師は少し思案した後、仕方無さそうに頷く。

「主の指示なら従おう。ただしそちらも敬語は無しにして欲しい。……後、私は器用な性質ではないのでね、咄嗟の切り替えは出来ないよ」

「切り替えはともかく、こちらも敬語は無しですか。……まあ、俺の躾がなってないって思われたところで、今更な評価だけど」

「ああ、そういう問題があるか……やはり人目は気になるのかな？」

俺は肩を竦める。追及する気を無くしたらしく、ファラ師は諦めて椅子に背を預けた。

さて。本題に入る前に、話の流れを頭に浮かべる。ジェストのこともあるが、俺の方の疑問も片付けておかねば。

「ファラ師はいつ中央に戻る予定で？」

「ああ、聞いていなかったのか。一応、アヴェイラの件の顛末を見届けてから、私とジグラは戻ることにした。まあお偉方に幾ら詰《なじ》られたところで、辞めることは決めているしな。責任は私が全て取るという形で、ジグラにも骨休めをしてもらっている」

そういえば、副長とやらも来ているのだったか。意識がぼんやりしていた所為で、考慮すべき人物から外していた。

……今更抑えようもない、な。

不安はあるにせよ、恐らく裁きにはあまり関わらなかった人物だ。部外者が邸内を勝手に動き回るとも考えにくいし、静観すると信じるしかない。

「ファラ師が職を辞すとなれば、次の隊長はジグラ殿に？」

「どうだろう？　副長は三人いるから、その中から選ばれるなら良いとは思っている。誰であれ一長一短はあるからね。ただ、ジグラなら皆をまとめることが出来るだろうな。見た目は厳ついが、面倒見の良い男なんだ」

俺が聞いたのは、ジグラ殿がミル姉の障壁を破ったということくらいだ。双方本気ではなかったとしても、ミル姉の防御を抜ける人間は珍しい。ファラ師は人格を長所として挙げたが、腕前だって相当なものなのだろう。

そういう人物から目を離していると、やはり不安になる。

「近衛としては、今回の件をどう見たのでしょう?」

「どう、と言われてもな。ジグラは少なからず、アヴェイラに失望したようだ。万が一刑が執行されないのなら、近衛で葬るしかないとも言っていたよ。私は――あの性根には気付いていたのに、何も出来なかったという点で悔いが残る」

なるほど。

その発言であれば、ジグラ殿は放置しても問題は無さそうだ。むしろ判断がつかないのはファラ師の方か。

「アヴェイラが更生する道もあったと?」

「そこまでは言えない。しかし、アヴェイラが過ちを犯したのは事実としても、元となる人格を作ったのはそもそも侯爵家だろう。離籍したからといって、彼女だけを責めるのは何か違う気がする」

それに関しては仰る通りだ。巧く逃げられただけで、侯爵家の責は俺も大きいと思う。とはいえ取り敢えず……発言の内容からして、アヴェイラに対して過剰な思い入れがある訳ではなさそうだ。

唇を舌で湿らせる。大丈夫と信じ、俺は話を持ち掛けることにした。

「……ファラ師、実は折り入ってお願いがありましてね」

「敬語は使わないでおくれ。……私は主に従うよ、だから気兼ねなく命じれば良い」

「はは──俺はファラ師だけでなく、誰に対しても命令をするつもりはないよ」

お互いの視線が絡む。やがてファラ師が目を逸らしたことで、俺は続ける。

「……まあ、お願いというのはね、今日からこの一件が決着するまで、地下には行かないで欲しいということなんだ」

余程のことを頼まれると思っていたのか、ファラ師から明らかに力が抜けた。ただ、これだけでは何も解るまい。疑問を隠しもせず、彼女はそのまま首を傾げる。

「元よりそのつもりはなかったし、問題は無いな。しかし、何かあるのか?」

「ジェストがアヴェイラを片付ける気でいる。アイツの悲願だ、レイドルク家の裁定に反するとしても、俺としては好きにさせてやりたい」

「賛成したいところだが……あの状態の人間を一方的に仕留めることに、何の意味があると？」

溜息をつく。その武人らしい発想が、何よりの懸念だった。

その質問に対する答えは簡単だ。

「意味はある、絶対にある。アイツは戦いたいんじゃなくて、人生を取り戻したいんだ。虐げられた日々を終わらせ、溜まった借りを返すためにも、アイツがやり遂げなくちゃいけない」

ジェストはアヴェイラに勝ちたい訳でもなければ、超えたい訳でもない。

ただ、この世にアヴェイラがいることが我慢ならず、殺したいだけなのだ。

ファラ師は困ったように眉を下げ、己の髪に指を絡める。

「自分で手を下すことの意味は解る。でも君達は、ああも真摯に訓練をしていたじゃないか。それを正々堂々発揮しようとは思わないのか？」

それは、真っ当で綺麗な言い分だ。しかしどうしようもなく、俺達が見えていない。

「そういう感情は否定しないよ。努力が報われれば誰だって嬉しい。それに貴族であるからには、最低限の強度くらい持つさ。ただね、俺は職人だし、ジェストは金庫番だ。俺達は武人じゃないと再三繰り返しているのに、どうして誰も言うことを聞いてくれないんだ？」

寝台から身を伸ばし、ファラ師の両腕を掴む。全力を振り絞っても、相手を揺らすことすら出来ない。ただ、服に寄った皺がやけに目についた。

「俺達が鍛えてきたのは、貴族だからってだけじゃない。理不尽な暴力から己を守るためだ。アイツは今アヴェイラを殺さないと、自分で自分の心を守れない。だからどんな手だって使うよ」

命がかかっているのだから、やり方には拘らない。本気というのはそういうことだ。

ファラ師は俺の手を振り払うこともせず、ただ痛ましげにこちらの顔を覗き込む。そして、額を寄せて来た。

唇が触れ合うような距離。澄んだ赤い瞳が、俺を捉えている。

「出来る人間は期待される。上に立つ者であれば猶更だ」

「それくらいは解っているよ」

否定するような話ではない。地位や立場を持つとはそういうことだ。

「……私達のような人間が、そうやって君達に重荷を押し付けているのも事実なんだろう」

「それも仕方の無いことだ。その荷を背負うことが、民を統べるということだから」

ただ俺達は、理解されない以前に、話すら聞いてもらえないことが苦痛だった。俺とジェストに地位を超えた付き合いがあったのは、こうした貴族らしい心構えを持てず、身を寄せ合うしかなかったからだ。

ファラ師は俺の言葉に一度目を閉じ、顔を離した。

「私はどう返すべきなのか、言葉を持たない。でも……君が願うのであれば、それで良いさ。君の力になれるのなら、それに従うよ」

静かに笑って、承諾が返る。

どうしてこうも、ファラ師は懐が広いのだろう。この人と話していると、時々泣きたくなってくる。

俺は頭を下げ、ファラ師に感謝を表すしか出来なかった。

感情の最果て

全ての準備が整った。少し高揚している自分を感じながら階段を下りる。槍を片手に欠伸を噛み殺している看守の肩を、後ろから軽く叩いた。

「あっ、その、すみません」

「いやいいよ、お疲れ様。この時間は眠いだろ？　交代するからゆっくりしておいで」

「ありがとうございます」

礼を繰り返しながら、彼は階段を駆け上がって行った。急ぐ必要も無いが、上司に勤務態度を見咎められたのだ、気まずいものはあるだろう。

まあ暫く帰って来なければ、僕としてはそれで良い。

呼吸を整えて、短刀を握る。試しがてら魔力を練れば、風術はいつも通りに付与出来た。

色々考えた結果、遠距離よりも近距離の方が確実だという結論に達した。やり方が決まったら、嘘のように心が決まった。弓に拘り過ぎていたのだろう、大事なことは仕留め切ることだと再認した時、視界が晴れたようだった。

今日——決行する。

深呼吸を二度し、呼吸を整える。アヴェイラに抵抗の余地は無い。大丈夫だ。

何度も言い聞かせ、僕は鍵を手に取る。なるべく音を立てないよう、アヴェイラの独房を開けた。

「……ッ、ウゥッ」

枷と轡《くつわ》で身動きも会話も封じられたまま、アヴェイラが僕を血走った眼で睨みつける。

全身に広がる火傷で、まともに眠れていないのだろう。床を転がって暴れたらしく、体のあちこちが汚れている。

　僕は人差し指を口に当て、騒がないよう彼女を誘導する。

「不満は解るけど、落ち着け。このままにはしないから」

　アヴェイラは、僕が助けに来たものだと思い込んでいるのだろう。今までだってそうだった、何だかんだ言っても、彼女にとって不都合なことは僕がなんとかしてきた。今回もそうだと思っているのだろうし、むしろ遅すぎると怒っているのだ。手を振って、枷をどうにかしろと訴えて来る。

「アゥ、ォ」

　僕は苦笑を浮かべ、普段通りを装う。

「何言ってるか解らないから、ちょっと待てって」

「うう」

　アヴェイラは精神的に弱っているのか、素直に頷く。腰を下ろしたまま、手枷を床に何度も叩きつけていた。腕に力が入らないようで、やけに情けない音ばかりが響く。罪人用の枷がその程度で壊れる筈もなかった。

　僕はアヴェイラの後ろに回り込む。

　埃に塗れた髪が、うなじで二手に分かれている。赤黒い首筋は無防備に晒され、僕を何ら疑っていないことが解る。信用されている訳ではない。自分に従うのが当たり前だと思っている。

息を整える。なるべく自然な動作で、懐から短刀を取り出す。

振りかぶる必要は無い。優しく添えて、深く押し当てる。

「——ッ⁉」

途中で違和感に気付いたか、アヴェイラが体をずらした。短刀は狙いを外れ、それでも細い首の左半分を削ぐように進んだ。太い血管が切り開かれ、大量の血が噴き出す。

返り血を浴びないよう首を傾けたのが功を奏し、アヴェイラがこちらへと伸ばした手は、僕の顔の横を通り過ぎて行った。爪が掠め、頬が熱を帯びる。

油断はしない。僕は劣る者だ。

念を押すように、異能でアヴェイラの強度を下げる。ただでさえ動かない体が更に鈍ることで、彼女は呆気無く倒れた。

風術をいつでも放てるように構えながら、様子を窺う。アヴェイラは首を押さえることも出来ない。出血は既に勢いを失いつつあった。

「……ッ、うぅッ」

理解しかねるという顔で、アヴェイラが僕を見詰めている。僕はそれを黙って見下ろしている。

恐らく追撃は必要無い。反撃のある間合いには入らない。

ただ黙って見ていれば良い。

息が詰まるような時間。

何を思ったのか、アヴェイラは静かに涙を流し——一度大きく痙攣した。そうして目を見開いたまま、動かなくなる。

ゆっくりと近づき、肩に触れる。まだ温もりを残してはいるが、もう彼女が反応することは無い。

恨めし気に開かれたままの瞼を下ろしてやる。

死んだ。

——殺した。

もう、もう妹に煩わされることは無い。

胸の底に押し込めていたものが解放され、楽になれると思っていた。あるのはただの喪失感だけ。たとえそれでも、僕には耐えられなかったのだから、どうしようもなかったのだろう。

込み上げる吐き気で、唾が唇から垂れる。

出した。

「ふふ……ははっ、うえっ」

やり遂げた？　本当に？

まるで実感が湧かない。

収まらない笑いをどうにか噛み殺しながら、僕はふらつく脚を引き摺って独房から抜け出した。

◇

俺が薬を飲むために作った白湯の余りを、ミル姉とファラ師が並んで啜っている。

誰もが何処となく落ち着かずにいる。

間もなく訪れるであろう報せを、何となく皆で待っている。

地下は探知を阻害する何かがあるらしく、今の俺では判然としない。取り敢えず、知覚出来る範囲からジェストの気配は消えている。

やり遂げた、と信じたい。邪魔が入らなければ、しくじる要素は無い筈だ。

考え込んでいると、不意に魔力の流れを感じた。ミル姉が屋敷中を探っているようだ。

「……地下まで届くか？」

「ちょっと待って。届かないこともない……んだけど」

「何かありましたか」

その微妙に不安になる発言はなんだ。ミル姉は床に手を触れ、慎重に探知を続けている。

「ごめん、ちょっと魔力の通りが悪くて。……うん、気配が一つ減ってる。アヴェイラ嬢の存在を感じない」

「……そうか」

そうか。

やり切ったか——ジェスト。

俺は当事者ではないから、アイツが抱える感情の大きさまでは解らない。ただそれでも、あの因縁が決着したかと思うと、感慨深いものがある。

頭を掻き毟って天井を仰いだ。きっと、ジェストはもう出奔しているだろう。挨拶くらいしたかったが。

二人の目が俺を見つめる。

「フェリス様の言う通りになりましたね」

「そりゃね。ミル姉の件が無くとも、ジェストが勝つのは解ってたしな」

「……ふうん？　強度で言えば、アヴェイラ嬢の方が高いんじゃないの？」

ミル姉の疑問に、俺とファラ師は揃って頷く。恐らく、数値的にはアヴェイラの方が総合強度で5000は上だろう。だが、勝負は強度だけでは決まらない。

それ以前に、アイツ等の間で強度を問うこと自体が間違っている。

「もう使えない異能だから言うけど……アイツ等は二人で一つの強度を共有してたんだよ。全体で10000の強度があるとして、アヴェイラが7000を持てばジェストは3000しか使えない。アヴェイラが強いのは、ジェストの分まで強度を奪っていたからだ」

「そんな異能が？　道理で数値が高い訳だ……」

「ははあ、道理であんなに弱い訳だ……」

二人の口から、異なる感想が漏れる。

実質二人分の強度があるのだから、近衛として求められる水準には簡単に達した筈だ。ただし、あの異能で出力は上がっても経験は得られない。数字だけで中身が伴わないことを、ミル姉には見透かされてしまった。

俺は話を続ける。

「まあ、実態としてはそんなもんだったんだ。ただ、察しはつくだろうけど……アヴェイラが多くを確保するのなら、ジェストにだって同じことは出来る。アイツはとにかく異能を磨いて、アヴェイラの優位に立った訳だ」

相手より強引に多くを奪い、差を広げる——ただでさえ重傷を負っているアヴェイラに、勝ち目など与えない。

長年準備しただけあって、間違いのない仕事だ。

俺は素直にジェストを賞賛したが、ミル姉は何処か複雑な表情を浮かべていた。

「なるほどね。……アンタもジェスト様も、えげつないと言うべきか、気が長いと言うべきか……お仲間だってことがよく解るわ」

「酷い言い草だなあ。どうしても叶えたい目的があるなら、そのために準備するのは当たり前だよ」

力量を隠して相手の油断を誘い、ただ一度で全てを終わらせる。本気も全力も、殺した相手だけが知っていれば良い。劣る者は工夫するしかないのだ。

「とはいえ、今回は流石に運が良かったな。当主の不在とアヴェイラの暴走が重ならなければ、殺せる条件は整わなかった。辛抱しただけのことはあるよ」

「フェリス様。話を聞いている限りでは、ジェスト様はもっと早くにアヴェイラを殺せたように思うのですが……何故今になるまで待っていたのでしょう?」

ファラ師の疑問も尤もだろう。ただ俺も、全てを聞いていた訳ではない。だから一部は推察になる。

「多分……侯爵の不在を狙っていたんじゃないかな。成功しても失敗しても、仕掛けた後は逃げるしかない。だけど、指揮系統が無事だと追手がかかる可能性が高い。侯爵は飛べるから、逃げる時の難易度がまるで違うよ」

本来は侯爵も暗殺対象の一人なのだろうが、狙いを増やすほど無理が出る。それなら一人ずつ、確実に仕留める方を選んだのではないだろうか。

いずれにせよ、ジェストの復讐が終わった訳ではない。俺に出来ることは、いざという時に備えることだけだ。

取り敢えずアヴェイラのことは良いとして、まだ確認すべきことは残っている。

「そういやミル姉、ハーシェル家の処遇はどうするんだ？　引き取るとしても、伯爵家への口利きは無理だろう？」

「それは流石にちょっと。まあ……彼らのことは、アキム師に任せるしかないでしょうね。暫くは我慢が続くとしても、真面目にやってれば逆転も有り得るんじゃない？」

「それくらいしか無いよな……うん、解った。妥当だよな」

サームさんはさておき、セレン女史は如何なものかと思う節もあるが、他に遣り様も無い。まあハーシェル工房は人手が足りていないし、彼らでもやれることは沢山ある。客は伯爵家だけではないのだから、出来ることを一つずつ積み重ねてもらおう。

改めて振り返ると、かなり穏便な処置だ。

そこまで聞いて、ファラ師が小さく呟く。

「そうなると後は……ウェイン様がいつ動くか、でしょうか？　もう状況は把握されているのだと思いますが」

「気付いてないってことは無いだろうな。……ああ、しまった。見張りの首が飛ぶかもしれん」

犯行に際し邪魔な人間を、ジェストは遠ざけた筈だ。であれば当然、そいつは今回の件の責任を問われることになる。

残念ながら、監視の処断までは止められない可能性が高い。何とか手を回せれば良いとは思うものの、手はあるだろうか。ミル姉が溜息をついて零す。

「まあ、その人については策に嵌めた形だし、拾えるようなら拾いましょうか。ウェイン様が拘るようなら、諦めるしかないけれど」

「気の毒だしな、それで頼む」

これで流れはまとまった。

後はレイドルク家からの報せを待ち、ハーシェル家の身柄を引き取って領地を離脱するだけだ。俺は限界まで『健康』を回し続け、とにかく動けるようになるしかない。幸い、充分とは言えないまでも、歩ける程度にまでは回復している。もう少し時間をかければ、屋敷から抜け出すくらいは出来るだろう。

「回答期限は後三日だっけか?」

「そうね。どう出ると思う?」

「どう、とは?」

ファラ師が疑問を呈する。

「ああ、ウェイン様がやりそうなことは二つあってな。一つはジェストの犯行を隠して、侯爵家の不手際を隠し続けること。もう一つはジェストの犯行を白状して、クロゥレンに協力を求めること。どちらで来るかによって対応は変わる訳だけど……まあ、今回は前者じゃないかなあ」

事を明るみにすれば、それは侯爵家の醜聞へと繋がる。ただでさえ問題を抱えているのに、わざわざ状況を難しくはしないだろう。

それに何より。

「ウェイン様は判断に時間をかけるお方のようだしね。後一日くらいは状況を伏せるとしても、そこからすぐに期限切れを恐れて、ミル姉に近寄って来るよ。俺達は備えていればいいさ」

判断の誤りが許されない仕事故か、ウェイン様は行動にある程度の確信を求めているように見える。裁きに至るまでにせよ、アヴェイラへの処遇にせよ、彼はとにかく証拠を固めようとして、かなりの時間をかけていた。慎重かつ正確である反面、決断力に欠けている。

当主に役目を引き継げることを期待して、彼はギリギリまで待つだろう。

ファラ師は俺の回答を耳にして、悩まし気に眉根を寄せた。

「……クロゥレン家では、フェリス様にどのような教育を施したのでしょう?」

「気付いたらこうだったから、何とも……」

「それはどういう意味なんだ」

甚だ不本意な反応をされてしまい、溜息をつく。緊張感も抜け、俺は寝台に横たわった。

何処か弛緩した時間が続き――結局、アヴェイラの自死が俺達に告げられたのは、二日後の昼のことだった。

空を見上げて

フェリスの読み通り、ウェイン様がアヴェイラ嬢の死をこちらに打ち明けたため、状況を進めることにした。

「……人材を失ってしまったことは遺憾ではありますが、死人が生き返る筈もありません。こちらが返答に迷っていたことも事実ですし、巡り合わせが悪かったのでしょう。ひとまずハーシェル家だけでも身請けいたします」

「そうか。なら、手配をしておこう。彼らの家財道具についても、アヴェイラの私財と同様の扱いで良いな？」

「ええ、構いません」

我ながら胡散臭いと思う発言であっても、ウェイン様は特に指摘するような真似をしなかった。正直、私自身はハーシェル家に思い入れがある訳でもないので、淡泊な印象を与えたかもしれない。

まあ、ウェイン様はこんなことを気にしないか。

彼はこれから一人で、アヴェイラ嬢の死によって生じる諸々に対処しなければならない。当主への釈明等を考えれば、私の反応など突いている場合でもないだろう。

それはそれで好都合だ。後は、もう一人の確認をしなければ。

「ところで――今回の一件、看守はどうしているのです？」

「ひとまず謹慎させている。一応状況を調査した上で、今後の処遇は決めるつもりだ」

嘘はついていないようだ。まだ消されていないなら、フェリスの意見を取り入れられる。

「そうですか。では、その方をいただくことは出来ますか？」

ウェイン様が怪訝そうに顔を上げる。

「……何故あの男を？」

「いえ、まあ、別にその人でなくとも構いませんけれど。アヴェイラ・レイドルクの代わりにはならずとも、帰りの御者くらいは出来ないかと思いまして」

これについては本当のことを述べた。一瞬ウェイン様は私の目を見詰め、やはり追及はしなかった。

ウェイン様は『読心』を持つと聞いていたものの、その割に対応が甘いため、精度はそれほど高くないと予想していた。そもそもの発動条件も不明だが、酒席で心を読まれていたのなら、あの暗殺は止められている。

私を読み切れていない——どうやら賭けには勝ったようだ。

彼の異能は驚くべきではあれど、恐れるべきではない。

止めていた息をそっと吐いた。最悪の場合、レイドルク家と敵対関係になると身構えていたが、杞憂に終わってくれたようだ。

後は恙なく、事を進めるだけ。

「どうでしょう。不足した人員を一人くらい埋めていただきたいと言うことは、我侭でしようか？」

「いや……控えめな希望と言うべきだな。確かに穴埋めは必要だろう。ただし、職務熱心な人間ではないぞ。この状況に陥っている以上、承知の上だろうがな」

「ええ、それはもう」

お互いに顔を歪める。その男が職務に忠実であったなら、ジェスト様の犯行は成立しなかった。

聞けば当人は職務中に現場を離れ、酒を飲んで眠っていたらしい。ジェスト様が場を離れるよう命令したとしても、勤務時間中にそれは行き過ぎていた。

ただ逆に、そのだらしなさによって、彼と事件との関連性は否定された。酔い潰れていたことを周囲に見られていた以上、犯行に至れないことは明白だ。現状では職務怠慢による解雇が処罰になるだろう、とのことだった。

私が彼を欲したから、処断を止めたのかもしれない。

いずれにせよ、使えるかは解らずとも、使われない人材なら私が拾っても構うまい。

「……精々、心を入れ替えてもらうことにしましょう。私も人をただ遊ばせておくつもりはありませんので」

多少激務になるだけだ、命の対価としては安いくらいだろう。都合が良かったことは事実でも、今後も怠惰を許すつもりは無い。私の本気を悟ったか、ウェイン様も静かに頷く。

「正直、処断すべきかはかなり悩んだのだ。実際、殺しても問題は無い訳だが……貴女が使ってくれると言うのなら、それで良しとしよう。存分に使ってくれ。貴族の下で生きるということを解さぬ輩など、レイドルクには必要無い」

その顔は、隠し切れない怒りで赤く染まっていた。怨嗟と言うのも生温い感情が、瞳の中に強く渦巻いている。

きっとウェイン様の内心では、『貴族』と『個人』が鬩ぎ合っている。そうと自分で知りつつも、酒席で語った通り、彼は私に報いようとしているのだ。

——小者と思っていたが、なかなかどうして芯がある。

この態度をもって、私は初めてウェイン・レイドルクに興味と好感を抱いた。

◇

ミル姉が挨拶をしている間に、出立の準備を進める。本来なら俺も挨拶すべきところだが、怪我の治療を名目とした出発であるため、その辺りは免除された。実際は日々全開で『健康』を使い続けたお陰か、言うほどの不調も無く、走れる程度に回復はしている。

もうここに用は無い。鞄に物を詰め込みながら、少しだけミル姉達の会話を想像した。

――ミル姉はジェストの不在を指摘せず、相手も同じようにやり取りを続けるのだろう。まるで最初から、アイツなどいなかったかのように。

互いにとって都合の悪いことに触れる必要は無い。釈然としないものはあれど、それがジェストを少しでも楽にするのなら、それで良しとすべきだ。俺はきっとその辺の割り切りが出来ていない。

考えが後ろ向きだ。悩んだところで、何が変わる訳でもないのに。

縮こまった体を伸ばす。

大した荷物も無かったので、支度はすぐに終わってしまった。魔核の残量も少なくなってしまったし、道中で補充が必要だな。

「フェリス君、準備はどうだい」

「たった今終わりましたよ」

返事を聞いて、ファラ師とジグラ殿が部屋に入って来る。途中まで同道することになったため、待っていてくれたようだ。

思い返す限りだと、ここから中央までは獣車で二日ほどかかった。今回は徒歩なので、当然それ以上の時間がかかる。病み上がりの体を慣らすには丁度良いだろう。

「なら、早いとこ出るとしますか。戻ったらお偉方がうるさそうですな」

「まあ、今更だな。あの老人達は気に入らないものが多いようだから」

面倒な上役がいるとはご愁傷様だ。勝手な思い込みかもしれないが、中央にはそういう輩が多い気がする。人間性が街の華やかさと引き換えになっているような、そんな印象。

頭の片隅で苦い記憶が蘇る。

「じゃあ……出ましょうか？　お二人はレイドルク家とのお話は済んでいるので？」

「それについては問題ありません。今回の件で近衛が受けた損害も、後で補填されることになっています」

ジグラ殿が複雑そうな顔で呟く。問題のある人間だったとはいえ、新人が一人潰れたことを良しとはし難いか。

「そうですか。では、そちらが問題無ければ出ましょう。道中お願いしますね」

「ええ、任されました。ただ一応言っておくと、あまりゆっくりはしていられません。休憩は減りますのでご容赦を」

「そちらにはお役目もあるでしょう。私に気を遣う理由などありますまい」

別に俺から同道を願い出た訳でもないし、置いて行かれても構わない。発言がずれている感はあれど、ジグラ殿には悪意もそれほど無さそうなので、元々こういう人なのだと納得した。

荷物の詰まった鞄を持ち上げ、連れ立って外へ向かう。

「フェリス君は本当に中央には来ないのか？」

不意に、ファラ師が俺に疑問を投げかける。俺は前を向いたまま答える。

「一月くらいずれるでしょうけど、最終的には行きますよ。その前に行かなきゃならない所があるんです」

「……ザヌバ特区と言ってましたね。あんな何も無い所に何故？」

ジグラ殿の問いに苦笑する。確かに、用事の無い人間には退屈な場所だろう。あそこは小さな村と山岳地帯があるだけだ。

ただ俺のような人間にとっては、人生に一度は行かねばならない場所でもある。

「あそこは魔核加工と木工の聖地なんですよ。豊かな山林と水、そしてその中で生きる魔獣。職人が好む素材の大半はあそこで得られると言っても過言ではありません」

そして何より――あそこには祭壇があり、託宣が受けられる。元々俺はあそこに行くため、この世に生まれ落ちたのだ。何を置いても行かねばならない。

思わず言葉に力が入ってしまった。ジグラ殿はそんな俺を訝る。

「素材？　フェリス殿は貴族ではないのですか？」

「貴族籍を捨てている訳ではありません。ただ、私は加工を嗜んでおりまして」

魔核を一つ変形させ、棘の生えた球を作る。ジグラ殿に手渡すと、彼はそれを興味深そうに眺めていた。

「これは?」

「狩りの道具ですね。基本的には地面にばら撒いて使います。魔獣は靴を履きませんからね」

軽口を叩き、笑って見せる。そう大袈裟なものでもないのに、彼はやけに関心して魔核を弄っていた。考えてみれば、近衛兵は花形としての解り易い強さを求められる。こういった弱者の知恵、みたいな物には馴染みが無いのかもしれない。

「気になるなら差し上げますよ。相手が軽装なら、人が相手でも使えます。中央の職人に頼めば、これくらい作ってくれるでしょう」

「なるほど。では……ありがたく、いただきましょう」

そう言ったところで、屋敷の入り口が見えてきた。ふと横に目をやれば、ファラ師が何とも言えない顔でこちらを眺めている。

ファラ師も何か欲しいのだろうか?

まあ、今後世話になる人に何も贈らない方が変だ。俺はもう一つ魔核を取り出し、小さな花のついた針を作る。ちょっとした暗器だ。

「ファラ師にはこれを」

「ふむ？」

途端に彼女の目が輝く。やはり欲しかったのか、という言葉を寸前で飲み込む。

俺は花の部分を握り込み、針先を指の隙間から出した形で拳を見せた。

「この状態で、真っ直ぐ殴ります。帯剣出来ない時の気休めですね。俺は似たようなのを服の飾りにしてます」

手首を返し、ファラ師に袖口を見せる。何の変哲も無い鋲《びょう》であるとか、そういった形で俺は幾つかの武器を隠している。一つくらいは手札を晒しても良い。

「ほほう、こんな素敵な物を、良いのかな？」

「構いませんが、武器としての出番は多分ありませんよ」

せめてもと、色を碧《みどり》にしてファラ師に渡す。満面の笑みを浮かべて、彼女はそれを襟元に刺した。

「武器でなければ良いじゃないか」

余程気に入ったのか、指先が花を撫で続けている。美人なのに飾り気の少ない女性だから、こういう小さい装飾品でも映える。

「似合ってますね」

「はは、自讃かい？」

「相手に相応しい物を作れたなら、職人としては本望です」

素直に頷いて返す。そのまま三人で門を出た。

見送る者のいない、本来では有り得ない光景が、レイドルク家の乱れを表している。アイツがいたなら、ここで再会の約束でもしていた筈だ。

ジェストはどうしているだろう。父の許へ向かっているのだろうか、それとも、ただこの地を離れようとしているのだろうか。

また会えるのはいつになるだろう。その時は、お互い笑って会えると良い。

空を見上げる。振り返らず、俺達は歩き出した。

あとがき

はじめましての方ははじめまして、一巻をお読みいただいた方はお久し振りです、島田　征一です。

お陰様で二巻の発売に至ることが出来ました。

前回同様のことではありますが、今回も校正作業が大変でした。

これは作業量の問題ではなく、書いてから結構日が経っていることもあって、当時の己の文章に首を傾げる点が多々あったためです。言いたいことは解るけど、もうちょい巧いこと書けんかったか？という感じでした。見直しは投稿時にやって終わりなので、書籍化をしていなかったら、改めて自分の文章を振り返ることは無かったでしょう。

書籍化作業をこなせばこなすほど、己の雑さが浮き彫りになっていきますが、これも良い勉強だなと思いながらやっております。いずれはもっとこなれて、作業にも慣れると良いなあ。

さて話は変わりまして。

この本が出る頃にはコミカライズの進行情報も、皆様の目に触れられているのではないでしょうか。あとがきを書いている時点ではネームを拝見させていただいたという状態なのですが、やはり文章とは違った面白さがあり、我が事ながら興味深いものがありました。

コミカライズもステキな出来映えになっておりますので、是非お楽しみください。

書籍化やコミカライズといった機会に恵まれたのは、偏に皆様の温かい評価によるものだと感じています。今後とも『クロゥレン家の次男坊』にお付き合いいただければ幸いです。

ご覧いただき、ありがとうございました。

クロゥレン家の次男坊2

2023年8月1日　第1刷発行

著　者　島田征一

発行者　本田武市

発行所　TOブックス
〒150-0002
東京都渋谷区渋谷三丁目1番1号　PMO渋谷Ⅱ　11階
TEL 0120-933-772（営業フリーダイヤル）
FAX 050-3156-0508

印刷・製本　中央精版印刷株式会社

ISBN978-4-86699-890-9